AF317187

8 yth 16834

Paris
S. D.

Dubuisson

Stella

STELLA,

DRAME

EN TROIS ACTES,

MÊLÉ DE MUSIQUE.

Paroles de M. DUBUISSON,

Musique de M

Le défespoir eft pour le crime, & perfonne ici n'eft coupable.

Acte II, Scène IX.

(1)

PERSONNAGES.

LE BARON DE MONTCLAM, *ſous le nom du* BARON DE FONTORBE.

CECILE, *première femme du Baron.*

STELLA, *ſeconde femme du Baron.*

LUCY, *fille de Cecile & du Baron.*

JULIEN, *Concierge du Château, ancien Valet du Baron.*

La Veuve TATILLON, *Aubergiſte.*

NANNETTE, *Fille d'Auberge.*

NICOLAS, *Valet d'Auberge.*

UN POSTILLON.

UN ABBÉ.

DEUX VIEILLES.

DEUX VIEUX.

DOMESTIQUES ET VILLAGEOIS.

La Scène eſt dans un Village de la Saxe.

CARACTERE DES PERSONNAGES.

Le Baron eſt un Officier déjà un peu âgé, homme de bon ton, & très-honnête. Cécile eſt triſte, comme ayant l'habitude du malheur ; ſa fille a un maintien intéreſſant, & un peu triſte auſſi. Stella eſt tout amour, toute âme. Julien eſt un vieux ſoldat plein de franchiſe & de ſenſibilité bruſque, mais touchante. La Veuve Tatillon eſt une bavarde impitoyable. Nannette eſt très-gaie & maligne. Nicolas eſt un réjoui.

STELLA,
DRAME
EN TROIS ACTES.

ACTE PREMIER.

Le Théâtre représente une grande salle d'Auberge.

SCÈNE PREMIÈRE.

La Veuve TATILLON, NANNETTE, NICOLAS.

La Ve. TATILLON, *seule d'abord. Elle va & vient avec un air affairé.*

Nicolas, Nicolas, Nicolas?
Dialogue Nannette, Nannette, Nannette?
chanté. Eh! quoi, ne m'entendent-ils pas?
Voilà vingt fois que je répète !
Nicolas?

A 2

N i c o l a s, *de la couliſſe.*

      L'on y va.

   L a V^e. T a t l l l o n.

Nannette ?

N a n n e t t e, *de la couliſſe, mais d'un autre côté.*

      L'on y va.

   L a V^e. T a t i l l o n.

Bien vite !

N a n n e t t e, N i c o l a s, *enſemble de leur couliſſe,
mais de plus près.*

      L'on y va.

(*Paraiſſant.*) Me voilà, le/la voilà, nous voilà.

   L a V^c. T a t i l l o n.

A la fin pourtant vous voilà ;
C'eſt bien heureux que l'on m'entende !

N a n n e t t e.	N i c o l a s.
Encor faut - il donner	Encor faut - il donner
le tems que l'on deſcende ;	le tems que l'on deſcende ;
Mais pourquoi donc	Mais que veut donc
ce carillon ?	Mam' Tatillon ?

   L a V[.]. T a t i l l o n.

Ce que je veux ? belle demande !
 Eh ! n'entendez - vous pas
 Le train qu'on fait là - bas ?

  N a n n e t t e e t N i c o l a s.

J'entends fort bien là - bas,

Là-bas, là-bas, là-bas,

Des postillons, dont le fracas *(Ils contrefont*

A tour de bras, *le claquement*

Fli, flin, flas, flas, *des fouets de*

pojte.)

Fait fuir les chats dans les goutieres,

Et donne aux chiens les étrivieres

A tour de bras,

Fli, flin, flas, flas!

TOUS TROIS.

Quel fracas, quel fracas, quel fracas !

NANETTE *regarde par une fenêtre.*

Le coche arrive.

NICOLAS.

Il n'est pas l'heure !

Il a tort, car il n'est pas l'heure.

LA Vᶜ. TATILLON.

Mais si c'est lui, qu'importe l'heure ?

NICOLAS.

Il a tort, car il n'est pas l'heure.

NANNETTE.

En route faut-il qu'il demeure,

Pour plaire à Monsieur Nicolas ?

NICOLAS.

Eh ! pourquoi pas, eh ! pourquoi pas ?

LA Vᶜ. TATILLON.

Finissez votre bavardage,

A 3

Que chacun fe mette à l'ouvrage;
Et prépare tout le ménage,
Pour les gens qui font en voyage;
Il faut, & c'eft-là mon ufage,
Les bien fervir, les bien fervir,
Pour les forcer de revenir.

TOUS TROIS.

Les bien fervir, les bien fervir,
Pour les forcer de revenir.

LA Vᶜ. TATILLON.

C'eft mon ufage.

NANNETTE.	NICOLAS.
Prudent ufage !	La veuve eft fage !
Les bien fervir !	Les bien fervir !

TOUS TROIS *l'un après l'autre, & puis*
ENSEMBLE.

Les bien fervir,
Pour les forcer de revenir !

SCENE II.

LES ACTEURS PRÉCÉDENS, un *Pof-*
tillon, un Abbé, deux vieilles Femmes, un
petit Homme fort gros, un très-grand fort mai-
gre, CECILE & LUCY.

LE POSTILLON.

Bon jour à Madam' Tatillon.

NANNETTE ET NICOLAS.

Eh ! c'eſt Grand-train le poſtillon !

LA Vᶜ. TATILLON.

Nous amenez-vous compagnie ?

LE POSTILLON.

Oui, oui, nombreuſe & bien choiſie.

(Cecile & Lucy Regardez-en l'échantillon,
entrent dans
ce moment, Mère honnête & fille jolie.
le poſtillon
porte leur pa-
quet, qu'il ### LES TROIS AUTRES.
met dans un
coin de la Mere honnête & fille jolie !
ſalle.
(Le reſte des voyageurs entrent, ils
ont des ſacs de nuit qu'ils donnent
à Nannette & à Nicolas ; les pre-
miers mots qu'ils diſent ſont :)

A 4

Les Voya.	La Vᵉ. Tat.	Nan. & Nic.
Tenez,	Tenez,	Affez,
Prenez,	Prenez,	Ceffez,
(Une vieille) Balourd!	Balourd!	C'eft lourd !

L A V I E I L L E. *(Nicolas laiffe tomber le fac des vieilles.)*

Laiffer ainfi tomber par terre
Des paquets de cette valeur !

N I C O L A S.

Ce ferait un plus grand malheur ,
Si vos effets étaient de verre.

T O U S L E S V O Y A G E U R S.

Le dîner eft - il prêt ?

L A Vᵉ. T A T I L L O N.

　　　　　bientôt ,
Meffieurs , Mefdames , montez là - haut.

L E P O S T I L L O N.

Fort bien ! mais avant je vous prie ,
(Il tend fon La petite cérémonie ,
chapeau) Je vous ai menés au galop.

Les Vieilles *fe frottant le dos.*	Les Hommes & l'Abbe'.
Que trop , que trop !	Pas trop , pas trop !

L E P O S T I L L O N.

Je vous ai menés au galop ,
Cela mérite récompenfe.

CECILE ET LUCY.

Il nous a menés au galop,
Cela mérite récompense !
Tenez mon ami.

LE POSTILLON.

Bien grand merci,
Vous m'allez porter bonne chance.
(aux vieilles) Et vous, Mesdames ?

LES VIEILLES *touffent.*

rien, rien, rien.

LE POSTILLON *à part, traverfant le Théâtre.*

Je m'en doutais bien,
Toutes les vieilles font avares.

(aux deux hommes à caricature.)
Et vous, Messieurs ?

LES HOMMES, *brufquement.*

rien, rien, rien.

LE POSTILLON, *même jeu.*

Je m'en doutais, bien
Chez eux les efpéces font rares.
Et vous Monfieur l'Abbé ?

L'ABBE' *qui a eu l'air diftrait tandis que le pof-
tillon demandait , joue la furprife.*

Qu'eft-ce encor qu'il vous faut ?

LE POSTILLON.

Je vous demande pour boire.

L'ABBE' *d'un ton mielleux.*

A moi? j'ai peine à le croire.

Pour boire! y penſez-vous?.... Boire eſt un grand
défaut!

Voulez-vous qu'un homme d'égliſe
A ſes dépens vous autoriſe
A vous damner pour ce défaut?

(*Aux Voya-*　Meſſieurs, Meſdames, montons là-haut,
geurs)　Le dîner ſera prêt bientôt.

TOUS *excepté Cecile & Lucy.*	LA Vᶜ. TAT. NICOLAS, NANNETTE.
Montons là-haut. Montons là-haut.	Montez là-haut, Montez là-haut.

Le dîner ſera prêt bientôt.

(*Le poſtillon chante auſſi en ſe moquant
d'eux, montez là-haut, & en ſe retirant n'oublie pas de faire de grandes
révérences à Cecile & à Lucy.*)

LA Vᶜ. TATILLON *s'apperçoit que Cecile & Lucy
ne ſont pas montées avec les autres.*

Meſdames, eſt-ce que vous ne montez pas pour
dîner avec tout le monde?

CECILE, *lentement.*

Nous ne ſommes pas ſi preſſées que les autres.

L u c y, *vivement.*

Voilà notre voyage fini.

C e c i l e.

Nous resterons dans ce village.

L a V[e] T a t i l l o n.

Ah ! je vois ce que c'est : vous venez peut-être pour demeurer chez Madame la Baronne ?

L u c y.

Justement.

L a V[e]. T a t i l l o n.

Vous êtes sans doute les personnes qu'une Dame de ses amies lui a proposées pour.....

L u c y.

Pour lui tenir compagnie dans son château.

L a V[e] T a t i l l o n.

Oui, pour être femme de chambre, de compagnie, comme ils les appellent à présent.

L u c y, *avec humeur à la veuve Tatillon.*

Madame !....

C e c i l e *bas à Lucy.*

Point d'orgueil ma fille : il y a long-tems qu'il ne convient plus à notre situation. (*Haut, à la veuve Tatillon.*) Oui, Madame, nous venons demeurer chez la Baronne de Fontorbe, si nous sommes assez heureuses pour qu'elle agrée nos services.

La V.e Tatillon.

Oh ! elle les agréera, je vous en réponds ; elle est si bonne ! & puis vous avez l'air de si honnêtes perfonnes ! Elle a beaucoup d'impatience de vous voir ; elle a déjà envoyé ici dix fois, & est venue hier elle - même, favoir fi vous n'étiez pas dans la voiture qui a paffé. Oh ! elle n'est pas fière !

Cecile.

Tant mieux ! c'était la feule chofe que je craignais.

La V.e Tatillon.

Comme vous ferez bien avec elle ! Mais il faut pourtant que je vous prévienne un peu de fon ca- ractere ; car elle a fes petits défauts, & qu'est - ce qui n'a pas les fiens ? Feu mon mari, par exem- ple. .... Mais ce n'est pas de lui dont je veux vous parler, c'est de Madame la Baronne ; je difais donc..... Qu'est - ce que je difais ?......

Lucy, *légerement.*

Mais..... fes petits défauts.

Cecile.

Ma fille, point de ces queftions - là, elles font très - indifcrettes.

Lucy.

Maman, ce n'est pas par curiofité, c'est par en- vie de me conformer a l'humeur de Madame la Baronne, afin de lui plaire davantage.

L a V^e. T a t i l l o n.

Eh! fans doute; ce n'eſt que pour cela non plus
que je voulais vous prévenir...... Je diſais donc......

C e c i l e.

Vous vouliez nous parler de ſes défauts, & je
vois que vous avez de la peine à vous en rappeller,
moi j'en aurais beaucoup à vous entendre nous en
entretenir. Dites - nous ſeulement quel eſt ſon ca-
raĉtère.

T R I O.

C e c i l e.	L a V^e. T a t.	Cec. et Lucy.
Eſt - elle impé- rieuſe ?	Non.	Bon!
L u c y.		
Querelleuſe ?	Non.	Bon !
C e c i l e.		
Capricieuſe ?	Non.	Bon!
L u c y.		
Dédaigneuſe ?	Non.	Bon !
C e c i l e.		
Eſt-elle heureuſe?	Heureuſe?..Non.	Non ?

C e c i l e e t L u c y.

Eh! pourquoi donc ?

L a V^e. T a t i l l o n.

Oh! c'eſt une hiſtoire ſcabreuſe,
Le récit en ſerait trop long.

CECILE.

La personne qui m'adresse à elle, m'a dit que, veuve depuis trois ans, elle cherchait.....

LA Ve. TATILLON.

Oh! oui, veuve! Dieu le sait! c'est bien pis; asseyez-vous, que je vous compte tout cela. Son mari est parti secrettement depuis long-tems, & elle n'a plus entendu parler de lui.

CECILE.

L'infortunée! que je la plains!

LA Ve. TATILLON.

Oh! si vous la plaignez vous serez bien avec elle, c'est là tout ce qu'elle demande.

CECILE.

Abandonnée! séparée de son mari, sans savoir!......

LA Ve. TATILLON.

Séparée de son mari!..... de son mari! Il y a peut-être bien des choses à dire là-dessus..... De mauvaises langues, enfin, suffit. Moi, je ne suis ni méchante, ni bavarde, comme ma Commère Michelle, qui a dit dans tout le Village qu'ils n'avaient jamais été mariés; mais sur tout cela, le plus grand secret, je vous prie.

CECILE.

Que je suis surprise!....

LA Ve. TATILLON.

Eh! vraiment oui, surprise : & je l'ai été aussi

quand j'ai entendu ces bruits-là ; car je ne connais pas Monfieur le Baron, moi : il n'y a que deux ans que je fuis dans ce Village, & il y en a trois qu'il eft parti ; mais voilà toujours ce qu'on dit fur fon compte. Il y a huit ans qu'ils font venus demeurer ici, & s'ils fe font mariés c'eft ailleurs. Ils ont acheté ce château que vous voyez de ces fenêtres, & dont le jardin vient jufques fur le grand chemin. Ils fe font fait appeller Monfieur & Madame de Fontorbe ; mais ma Commère foutient que ce n'eft pas là leur vrai nom. On le regardait, lui, comme un officier qui s'était enrichi dans la guerre de l'Amérique, d'où il avait ramené cette jeune perfonne, qui n'avait alors, tout au plus, que feize à dix-fept ans.

L u c y.

Elle n'en a donc que vingt-quatre à préfent ?

L a V^e. T a t i l l o n.

Affurément, & elle n'en paraît guères davantage, quoique le chagrin ne nous rajeuniffe pas. Je l'ai bien éprouvé par moi-même, quand mon pauvre homme paffa de vie à trépas ; au bout de huit jours que je le pleurais, j'étais déjà toute défaite.

L u c y.

Il me femble que vous avez pris le parti de confoler.

L A. V^e. T A T I L L O N.

Oh dame! pour nous autres, nous n'avons pas le tems de pleurer ; qu'on ait du plaisir ou de la peine, il faut toujours travailler ; mais aussi mon commerce va assez bien, Dieu merci, & pour une veuve qui n'a point d'enfans..... Ah! à propos d'enfans j'oubliais..... il faut que j'vous prévienne de ça. (*Elle se leve avec mistère.*)

C E C I L E.

Qu'est-ce que c'est donc ?

L A V^e T A T I L L O N.

Ne parlez jamais d'enfant à votre Baronne , si vous ne voulez la voir pleurer tout de suite.

L U C Y.

Eh! pourquoi ?

L A V^e. T A T I L L O N.

Elle a eu une petite fille qui est morte presqu'en naissant ; elle lui a élevé dans son jardin un tombeau de simple gazon. On a bien voulu dire quelque chose ; mais avec de ça (*Elle fait un signe d'argent*) tout a été dans l'ordre ; & même avant que l'officier fût parti, elle a voulu que l'on creusât leur tombe à tous deux, à côté de celle de leur fille : & elle a entouré cet endroit d'arbres si tristes, si tristes, que même à cent pas de là on se sent envie de pleurer..... Mais le tems se passe à jaser, & le monde qui est là-haut !..... faut que j'aille donner un coup-d'œil, vous sentez bien que sans cela rien ne se ferait ; excusez, Mesdames, (*Elle leur fait de petites révérences familières.*) je reviendrai savoir quand vous voudrez aller au Château, je vous y ferai conduire.

C E C I L E.

Mais..... cette après-midi.... je me sens un peu fatiguée, je vous demanderai une chambre en attendant.

L A V^e. T A T I L L O N.

Oh ! bien volontiers, & si vous voulez même dîner auparavant, vous ferez fort bien ; je redescends, je redescends, j'arrangerai tout cela , vous serez contente ; attendez-moi ici, je reviens tout de suite.

S C E N E   I I I.

C E C I L E , L U C Y.

L U C Y *riant.*

Cette femme n'est pas babillarde comme sa commère Michelle !

C E C I L E.

Je suis bien aise qu'elle nous ait quittées un mo-

B

ment ; ma chere Lucy, j'avais peine à retenir mes
armes.

(*Elle s'appuie fur le bras de fa fille & effuye fes yeux.*

L u c y.

Ah! mon Dieu, maman, qu'avez-vous donc?

C e c i l e.

Les difcours de cette femme..... ce qu'elle m'a
dit des chagrins de cette Baronne où nous allons
demeurer, tout m'a rappellé les miens plus vivement que jamais. Que de reffemblance entre nos
deftinées ! Madame de Fontorbe abandonnée de fon
époux, fans favoir ce qu'il eft devenu ! & moi,
après fix ans de l'union la plus tendre, féparée du
mien par un de ces événemens cruels , trop com-
muns pendant la guerre, & féparée pour jamais !
(*Elle tire un mouchoir.*)

L u c y, *voulant l'empêcher de pleurer.*

Maman !..... Maman...... écartez donc ces
triftes fouvenirs ! Vous m'aviez promis d'oublier.....

C e c i l e.

Ah! comment oublier un malheur qui a été la
caufe de tous ceux qui m'ont enfin réduite à chercher pour la femme & la fille du Baron de Montclam, une reffource qui n'était point faite pour
elles !

L u c y.

Maman, vous m'avez tant recommandé le courage !....

C e c i l e.

Chère & cruelle enfant ! c'est en pensant à toi que le mien m'abandonne : je te vois commencer une carrière remplie de désagrémens & de dangers. Lucy !...... (*en la serrant contre son sein.*) Lucy !...... Tu vas servir !..... (nous sommes seules à présent, je puis te parler sans crainte ;) je t'avouerai qu'au moment de te voir prendre un pareil état, toutes mes répugnances augmentent , & il me semble que ton pere , s'il vit encore, viendra me reprocher un jour l'abaissement auquel j'aurai permis que son sang soit descendu.

L u c y.

Hélas ! mon pere n'est plus , nous devons le croire après toutes les recherches que vous avez faites inutilement.

C e c i l e.

Il n'est plus !...... je ne puis me faire à cette idée !... Les barbares qui m'arrachèrent à ma demeure , avec toi , que je tenais alors dans mes bras... t'en souvient - il Lucy ?

L u c y.

J'avais à peine cinq ans ; mais la peur qu'ils me causèrent m'est toujours présente : mon imagination effrayée ne fe retrace que trop fouvent l'inftant fatal où la petite Ville que nous habitions, tandis que mon père était à l'armée, fut tout-à-coup affaillie & mife en flammes par des vainqueurs furieux; & nous, entraînées dans une cruelle captivité. Mais comment ne pûtes-vous, dans le tems même, faire connaître à mon père notre affreufe fituation? C'eft ce que je me fuis dit mille fois.

C E C I L E.

Nos raviffeurs, en fe retirant, femèrent le bruit que tout était péri dans leur invafion. Emmenées dans des régions éloignées, & prefque barbares; fans connaiffances, fans fecours, j'écrivis en vain; mes lettres ne parvinrent pas, & d'ailleurs, une longue maladie m'empêcha long-tems de pouvoir faire aucune tentative pour inftruire de ma pénible exiftence celui qui, feul, pouvait y prendre intérêt; car j'avais perdu tous mes parens lorfque j'époufai le Baron de Montclam. Enfin, quand je fus rendue à ma patrie, il était trop tard, Montclam était difparu lui-même de l'Allemagne quelque tems après mon malheur. Je n'ai pu jufqu'à ce jour découvrir fes traces, peut-être a-t-il auffi vainement cherché les miennes.

SCÈNE IV.

LA Ve. TATILLON, CECILE, LUCY, NANNETTE.

LA Ve. TATILLON.

VOILA tout mon monde parti, je suis à vous à présent..... (*à Cecile.*) Voulez-vous toujours monter dans une chambre ? je vous le conseille, car vous avez l'air terriblement fatiguée.

CECILE.

Oui, j'irai avec plaisir.

LA Ve. TATILLON.

Nannette, conduisez Madame.

LUCY.

Maman, je ne vous quitte pas.

CECILE.

Reste, je te prie, reste avec Madame, je veux essayer de dormir un peu.

LUCY, *bas, avec tendresse.*

Vous voulez pleurer !

CECILE, *bas.*
d'un ton mal assuré.

Non, non : mais reste mon enfant, j'ai plus de fermeté quand je ne te vois pas. (*haut.*) Madame, je vous recommande ma fille , je vais tâcher de me repofer. (*Elle baife Lucy au front , & s'appuje fur le bras de Nannette pour fortir.*)

L a V^e T a t i l l o n.

Vous ferez bien...... (*à Lucy.*) Allons , jeu-neffe, venez faire un peu connaiffance avec les en-virons.

N i c o l a s , *accourant.*

V'l'à Madame la Baronne de Fontorbe qui vient ici.

L a V^e. T a t i l l o n.

Je vous avais bien dit qu'elle n'était pas fière...... Je gage que de la terraffe elle vous aura vu defcen-dre , & qu'elle fe fera doutée de quelque chofe.

S C È N E V.

STELLA , LUCY , LA Ve. TATILLON.

Stella appercevant Lucy , qui lui fait une révé-rence très-baffe.

Bon jour ma voifine!.... bon..... bon jour ma chère..... (*bas.*) J'ai vu..... non..... Mais oui, une reffemblance marquée avec !...... Eh ! ne crois-je pas le voir par-tout !..... Remettons-nous. (*haut & pourtant troublée*) qui êtes-vous Mademoifelle ?

Lucy, *timidement.*

'Madame, je suis….. Maman s'appelle Cecile Sommer.

STELLA.

C'est donc la dame que l'on m'a adressée! & où est - elle?

Lucy, *toujours timidement.*

Un peu de fatigue l'a fait passer dans une chambre voisine pour tâcher de se remettre avant de se présenter chez Madame.

La Vᵉ. TATILLON.

Je vais aller la réveiller, & l'avertir que Madame la Baronne est ici.

STELLA, *vivement.*

N'en faites rien, je vous prie ; voulez-vous que pour lui donner bonne opinion de moi, je commence par interrompre inutilement un repos qui lui est sans doute nécessaire ? Laissez-la, je vous le demande en grace.

La Vᵉ. TATILLON.

Je ne suis pas faite pour contrarier Madame la Baronne ; en tous cas, voilà sa fille, par qui vous la ferez avertir quand bon vous semblera : je vais, avec votre permission, donner quelques ordres dans ma maison ; j'ai tant de mal, j'ai tant de mal !

STELLA.

Allez ; vous ne me faites point de peine de me

laisser un moment seule avec cette jeune personne ....
(*la veuve sort.*) (*à Lucy.*) Ma petite , vous avez
un air de timidité qui fait l'éloge de votre carac-
tère..... Mais..... (*Elle lui tend la main.*) Tenez, ma chere, n'ayez pas peur de moi. Je vois
que l'on vous a mal informée ; ce n'est point une
maitresse que vous serez venu trouver ici, c'est ,
& ce sera une amie ; entendez - vous? une bonne
amie.

L u c y.

Ah ! Madame, quels devoirs tant de bonté nous
impose !

S t e l l a.

Aucun, aucun ! que celui de m'aimer un peu.

L u c y.

Je sens que vous me le rendrez bien facile.

S t e l l a.

La dame qui vous adresse à moi m'écrit que
votre mère n'a encore demeuré chez personne.

L u c y.

Il est vrai, Madame, votre maison sera notre
première condition.

S t e l l a.

Et la dernière, j'en suis bien sûre.... Mais, dites ,..... l'intérêt que vous m'inspirez..... ne pour-
rais- je savoir qui vous êtes ?

L u c y, *embarassée.*

Madame......

S T E L L A.

Je ne vous demande point précifément le récit détaillé de vos malheurs ; je fais que votre
mere en a effuyé beaucoup, & je refpecterai fes fe-
crets, fi elle veut en avoir pour moi ; mais je ferai du moins bien aife d'apprendre......

L U C Y, *embaraffée.*

Madame...... Maman m'a dit de répondre à
des queftions comme celles-là, que mon père
était...... un marchand....... qu'une banqueroute
a ruiné, & forcé de quitter fa patrie, depuis dix
ans qu'on ne fait ce qu'il eft devenu.

S T E L L A.

On ne fait ce qu'il eft devenu !..... (*bas avec
douleur, en foupirant.*) Et moi auffi, je ne fais ce
qu'il eft devenu !...... (*haut.*) Et votre mère le
regrette ?

L U C Y.

Toujours !

S T E L L A.

Toujours ! ah ! tant mieux ! voilà une femme
qui m'entendra, qui ne jettera pas un coup-d'œil
froid fur mes douleurs...... (*elle va vers l'ef-
calier & revient*) oh ! comme il me tarde !....
mais non !.... en attendant qu'elle fe réveille....
(*bas, en regardant Lucy*) il y a je ne fais quoi
dans cette figure-là qui me fait peine & plaifir ! di-

tes.... ma chere.... j'aurais bien befoin de favoir votre nom, je fens que je m'en fervirai fouvent; comment vous appelez-vous?

L u c y.

Madame, je m'appelle Lucy.

S t e l l a, *avec tranfport.*

Lucy!.... tu t'appelles Lucy!

L u c y.

Oui, Madame; pour ce nom-là il eft bien à
moi, & depuis que je fuis née.... (*à part*) pour
l'autre ce n'eft pas de même.

S t e l l a.

Lucy! Lucy! que dis-tu là?
Quoi! c'eft ainfi que l'on t'appelle!
Lucy! Lucy! ce nom eft là (*montrant fon cœur*)
Gravé par ma peine éternelle!
Oui, oui ce nom eft gravé là
Par la tendreffe maternelle.

Apprends que fon pere appela
De ce nom en naiffant, ma fille;
Puifque tu portes ce nom-là;
Tu deviendras de la famille;
Lucy! Lucy! ton nom eft là!
Tu me tiendras lieu de ma fille.

(*Nannette entre & arrange quelque chofe.*)

S t e l l a.

Viens m'accompagner jufqu'au Château, je te

renverrai par le concierge, vieux ferviteur de mon mari.

L U C Y.

Madame, fi ma mère fe réveillait, & qu'elle ne me trouvât pas près d'elle, cela pourrait lui donner de l'inquiétude ; fouffrez que je lui épargne au moins celle-là.

STELLA, *lui ferrant la main.*

Tu as raifon, mon enfant, tu as raifon!.... (*à part.*) que je l'aimerai ! (*haut*) refte, refte.... *tirant Nannette à l'écart*) Nannette, vous direz à votre Maîtreffe de donner tout ce qu'elle aura de meilleur aux deux étrangeres qui font chez elle & de refufer leur argent.

N A N N E T T E.

Je n'y manquerons pas Mam' la Baronne.

S T E L L A.

Adieu, ma chère, adieu! je vais envoyer chercher tout ce qui vous appartient, il me tarde de vous voir chez moi. Une fois au Château, tu ne me quitteras plus, n'eft-ce pas?

L U C Y, *voulant lui baifer la main.*

Oh! je le defire bien.

S T E L L A, *l'embraffant vivement.*

Non, non, j'embraffe ma Lucy.

(*à part, vers le public.*)

Ah ! fi je ne l'avais pas perdu, quel plaifir j'aurais à lui dire; tien, voilà ta fille que le Ciel nous rend.... car, en vérité, elle lui reffemble!

SCÈNE VI.
LUCY, NANNETTE.

L U C Y.

ALLONS voir si ma mère est réveillée ; enseignez-moi, je vous prie, où est sa chambre.

N A N N E T T E.

J'en viens, elle dort de tout son cœur, ainsi, Mam'selle, vous ferez bien de ne pas l'interrompre. Mais, expliquez-moi donc çà : Mam' Tatillon vient de nous conter que v' s'alliez entrer au service de c'te Baronne, & v'là qu'el' vous embrasse ni plus ni moins que si v's' étiez son égale ; je ne comprenons pas trop ça, nous : ... (*Lucy regarde vers les fenêtres pendant tout ce tems*) vous ne répondez point ! ... oh ! faut pas que ça vous rende fière, vous ne serez pas fâchée avant queuques jours de venir à l'Auberge danser sous l'ormeau de la grand'cour, en cachette de vot'e maîtresse, comme fesaient celles que vous allez remplacer ; car j' vous avertissons que c'te condition-là n'est pas bien gaie, & personne n'y peut tenir à cause d'ça ; &, tenez, demandez à Nicolas !

SCÈNE VII.

NICOLAS, LUCY, NANNETTE.

NICOLAS.

Eh ben ! que y a-t-il donc ? qu' faut-i' nous demander ? a' vous befoin d' note fervice, la belle enfant ?

LUCY, *fièrement.*

Moi ! je ne vous demande rien.

NANNETTE.

C'eft moi qui la préviens que la maifon de Mam' la Baronne eft affez trifte : toi, qui y a fervi queuques mois, tu peux ben l'en affurer.

NICOLAS.

Oh oui, & fans mentir encore !

LUCY, *avec un ton piqué.*

Vous avez eu le bonheur de fervir chez Madame de Fontorbe, & vous n'y êtes pas refté ! il faut donc que vous foyez....

NANNETTE, *riant.*

Un ben mauvais fujet, n'eft-ce pas. C'eft auffi ce que j'avions envie de penfer. Mais t'nez, ce n'eft pas ça, car dans le vrai, c'eft un bon garçon, quand on le connaît, & j'l'aimons ben ; mais c'eft que leurs humeurs ne fe convenaient pas.

Nicolas.

Et v'là ce que c'est ; je vais vous détailler ça
tout au plus juste.

> Si vous connaissiez c'te Baronne
> Cela ne vous surprendrait pas :
> Elle est ben douce, elle est ben bonne,
> Mais ce n'est pas l'fait de Nicolas,
> Toujours al' pleure,
> Toujours al' pleure
> Ou son enfant, ou son époux !
> Moi je veux bien pleurer, une demi-heure,...
> Mais dam' toujous !
> Mais dam' toujous !
> A la fin on se lasse de tout.

> Un jour j'lis dis, Mam' la Baronne,
> On n'sait trop où ce qu'est votre époux,
> Morgué, n'y a-t-il pas d'aut'e personne
> Qui puisse être de votre goût ?
> Toujous des larmes !
> Toujous des larmes !
> J'vous l'dis avec sincérité
> A la fin ça gâte les charmes,....
> C'te vérité,
> C'te vérité,
> Fut prise du mauvais côté.

J'eus mon congé dès le lendemain, & j'vins dans
c't'auberge batifoler l'amour avec c'te brave fille
qui n'a pas la manie de s'attristailler sans cesse.

N A N N E T T E.

Oh! pour ça non, j'ons p't'être ben des défauts,
mais pour celui d'être chagreine, ce n'est pas le
nôtre, je m'en vante.

On m'connaît au village
Pour ma plaisante humeur ;
On fait ben que j'som' sage,
Mais je rions de bon cœur
Et dam', pardin, c'est l'age
D'être de bone humeur. } (*bis*)

On dit que la jeunesse.
Est une tendre fleur,
Si l'vent vient d'la tristesse
Es'languit sans couleur,
Les ris & l'allégresse
Lui rendent la vigueur. } (*bis*)

Du soleil de la vie
Cherchons donc à jouir,
S'en priver c'est folie
On risque de périr,
Jeunesse est fleur jolie
Qui doit s'épanouir. } (*bis*)

N I C O L A S.

Bon! tandis que j't'écoutions m'est avis que v'la
comme une chaise de poste qui vient de s'arrêter
dans la cour.

N A N N E T T E.

Encore du harias! allons voir.

NICOLAS.

Courons vîte.

(*Ils sòrtent en riant.*)

SCÈNE VIII.

LA Vᶜ. TATILLON *entrant brusquement.* **LUCY,** *ensuite* **LE BARON** *& un Domestique.*

LA Vᶜ. TATTILLON.

EH! bien! a-t-on été? il n'y a encore personne là! oh! c'te maison, c'te maison! (*à Lucy*) Mamselle, vous trouverez votre mère, numero neuf du corridor à gauche.

LUCY.

J'y vole, elle a peut-être besoin de moi.

(*Elle sòrt par la coulisse où l'escalier est censé donner.*)

LE DOMESTIQUE DU BARON *à la coulisse.*

Demanderai-je des chevaux, repartez-vous tout de suite?

LE BARON *entrant.*

Nous n'irons pas plus loin, faites porter ma malle dans une chambre. Madame, je suis votre serviteur; pourrais-je voir le Maître de cette auberge!

LA

La Ve. Tatillon.

C'eſt moi, Monſieur, c'eſt moi, la Veuve Tatillon, (*beaucoup de révérences*) pour vous ſervir.

Le Baron.

Eh! qu'eſt devenu celui qui tenait cette Auberge
il y a trois ou quatre ans ?

La Ve. Tatillon.

Monſieur connaît donc l'endroit?

Le Baron.

J'y ſuis paſſé pluſieurs fois.

La Ve. Tatillon.

En allant à Dreſde, peut-être?

Le Baron.

Oui, Madame. Mais répondez-moi, qu'eſt devenu. . . .

La Ve. Tatillon.

Le père Julien ? il eſt à préſent concierge du Château. . . . .

Le Baron, *à part.*

Tant mieux ! je l'enverrai chercher.

La Ve. Tatillon.

C'eſt moi qui le remplace : & je me flatte que
Monſieur n'aura pas lieu de s'en plaindre.

Le Baron.

Je l'eſpère. Mais j'avais quelques raiſons pour
deſcendre à cette Auberge, c'était une vieille con-

naiſſance, j'avais des informations à prendre ſur de certaines choſes, & Julien....

LA Ve. TATILLON.

On pourra vous les donner tout comme lui, & quoiqu'il n'y ait pas trois ans qu'on ſoit dans le Pays, on ſait cependant, à-peu-près, tout ce qui s'y paſſe & s'y eſt paſſé depuis long-tems. Voyons, de quoi s'agit-il?

LE BARON.

Oh! de rien; je vous dirai cela dans un autre moment; pour celui-ci, occupez-vous, je vous prie, de me faire donner une chambre.

LA Ve. TATILLON.

J'y vais, Monſieur, mais ſi vous vouliez ſavoir quelque choſe, ne vous gênez pas, Monſieur; ne vous gênez pas, je ne demande qu'à.... obliger le monde qui me fait l'honneur de venir chez moi.

(*Le Baron impatienté de ſon caquet, lui fait ſigne
de ſe retirer.*)

(*à part*)

Je ne me ſoucie guères de c'te pratique-là, il fera ben de ne pas revenir; Il a l'air trop mépriſant! à peine daigne-t-il me parler!

(*Elle ſort.*)

LE BARON *ſeul, regardant à la fenêtre & montrant de la main le Château.*

Je te revois donc, céleſte ſéjour, je te revois donc enfin!.... le remord, le devoir m'avaient ar-

raché de ton fein, j'y reviens.... plus calme....
(*Il revient fur la fcène.*) mais .... non pas tout-
à-fait tranquille ; — (*plus ferme*) je ne fais pourquoi, puifque mes recherches, depuis trois années,
n'ont fervi qu'à me confirmer la perte de Cécile....
ah ! fi tu erres autour de moi, chère ombre de ma
première époufe, pardonne-moi, éloigne-toi....
tu n'es plus.... tu n'es plus !.... laiffe-moi donc
oublier tes malheurs, ta perte, ma douleur, mes
inquiétudes fans ceffe renaiffantes fur ta deftinée....
(*Il retourne vers la fenêtre.*)... & toi, Stella,
fois déformais....Stella !.... je viens.... que fais-
tu dans ce moment ? ne fens-tu pas que je m'approche pour tout oublier dans tes bras?.... ah !
fi je pouvais l'appercevoir d'ici !... mais, pas une
fenêtre ouverte !... comme elle eft feule la galerie où nous étions fi fouvent enfemble ! (*il monte
fur une chaife*) ah ! je fuis bien comme cela! j'apperçois la terraffe... les arbres... la fontaine...
tout eft de même encore!... c'eft ainfi que l'eau
tombait de ces mêmes cafcades quand j'étais....
(*Il revient fur l'avant-fcène.*) il me femble qu'a-
près un long & froid fommeil de mort je me réveille à la vie ; tant eft frais, tant eft nouveau pour
moi, tout ce que je découvre.... je me figure
même entendre d'ici couler ce ruiffeau paifible qui
ferpente aux pieds des bofquets où fouvent... fon
murmure était une douce mélodie... douce mé-

lodie que je crois entendre encore, & qui me rappelle tout le paſſé !

(*Symphonie avec ſourdine & imitative, ſervant de ritour-
nelle à l'Air.*)

(*Le Baron retourne pendant ce tems à la fenêtre, & peut
même chanter le commencement, en mettant un pied ſur
la chaiſe. Il finira l'air en reſtant comme ſuſpendu en
raviſſement, lorſque Julien entrera.*)

J'apperçois ces épais ombrages,
Je vois les témoins de nos feux !
Oui, je vois ces diſcrets boccages
Où deux époux furent heureux !
Ce ne ſont point là des menſonges
Tels que, mille fois, aux amans,
La main bienfaiſante des ſonges
En offre, lorſqu'ils ſont abſens.
J'apperçois ces ſombres retraites !
Je vois ces témoins de nos feux !
Oui, je vois ces rives diſcrettes
Où deux époux furent heureux !

(*Il reſte en extaſe vis-à-vis la fenêtre.*)

SCENE IX.

JULIEN, LE BARON.

JULIEN, *entrant par un côté oppoſé.*

EH ! où ſont donc ces femmes que Mam' la
Baronne m'envoie chercher ? (*il voit le Baron
qui ſe détourne.*) Ah ! pardon, Monſieur... mais

quoi ! ô ciel ! mon maître ! Monfieur le Baron de Fontorbe !.. vous êtes de retour ! (*il fe jette à fes pieds & lui baife fon habit.*)

L E B A R O N.

Oui : je fuis de retour, leve - toi, & paix ; je ne veux pas encore être connu ici : comment fe porte Stella ?

J U L I E N.

Bien, paffablement bien ; quoique toujours inconfolable de votre perte. Mais, eft-ce qu'elle ne faurait pas ? . . . . elle ne m'a rien dit ! . . . fouffrez, mon cher maître, que je coure lui porter cette bonne nouvelle.

L E B A R O N, *l'arrêtant.*

Non, non : je t'ordonne précifément le contraire ; j'aurai quelque plaifir à faire la commiffion moi-même.

J U L I E N.

C'eft naturel ; mais pourquoi n'avoir pas defcendu au Château ?

L E B A R O N.

Parce que je connais trop le cœur de Stella pour l'expofer à une émotion trop foudaine ; parce qu'en venant dans cette Auberge, je comptais t'y trouver & concerter avec toi les moyens de ne point la furprendre trop brufquement.

J u l i e n.

Oh! la joie ne fait jamais de mal.

L e B a r o n.

Permets - moi de n'être pas de ton avis. Mais pourquoi as-tu quitté cette maison ? Il me semble que tu y faisais affez bien tes affaires.

J u l i e n.

Eft-ce que ce n'eft pas Madame qui m'a propofé d'être le Concierge du Château, difant qu'elle avait befoin de quelqu'un de confiance, puifque vous étiez parti ? &, dans le vrai, c'était pour pouvoir parler plus fouvent de vous à des gens qui vous étaient attachés ! auffi nous n'en avons fait faute.

L e B a r o n.

Je t'en remercie, mon ami, je t'en remercie ; mais qui t'amène ici ? m'aurait-on vu defcendre de voiture ?

J u l i e n.

Eh! mon Dieu non ; dont bien me fâche, car il n'y aurait pas encore eu de défenfe, & j'aurais déjà le plaifir.....

L e B a r o n.

Que venais-tu donc faire dans cette Auberge ?

J u l i e n.

Chercher une Dame & fa fille que Madame al-

lait prendre pour fa compagnie, ennuyée qu'elle
eft d'avoir perdu la vôtre depuis fi long-tems, ce
qui n'était pas trop bien de votre part, foit dit
fans vous offenfer. Amener de l'autre monde une
jeune & jolie femme, & après l'avoir privée de
fes parens, de fes amis, la laiffer-là un beau matin,
fans lui dire adieu! Mais enfin, vous voilà revenu,
& j'efpère bien que vous ne nous quitterez plus!
c'te légéreté s'ufe avec les années.....

L E B A R O N.

Cette légéreté! quoi! tu penfais que par inconf-
tance j'avais quitté!....ah! cela me fait peine!...
écoute, ne juges point ton Maître, garde-toi fur-
tout de l'accufer : fi tu favais!.... mais pourquoi
te le cacher? cela n'eft plus néceffaire, & je fuis
jaloux de ton eftime, car celle de tous les honnêtes gens m'eft précieufe.

J U L I E N *lui baife la main.*

Mon Maître! mon bon Maître !

L E B A R O N.

Apprends donc que le devoir le plus rigoureux
me força de quitter tout-à-coup Stella. Je t'ai pris
à mon fervice en Amérique, & tu n'as jamais fu,
Stella même l'a ignoré, qu'avant d'y paffer, j'a-
vais été marié en Europe, que ma femme & fa
fille périrent dans le pillage d'une petite Ville d'Allemagne, où elles faifaient leur réfidence tandis que

C 4

j'étais à mon Régiment : que le chagrin que j'en reſſentis me fit quitter des lieux dont l'aſpect me rappellait trop vivement une affreuſe cataſtrophe, & me détermina à chercher du ſervice dans des climats éloignés.

J U L I E N.

Je ne vois pas comment tout cela pouvait vous obliger à quitter tout-à-coup....

L E   B A R O N.

Tu ſais que j'épouſai Stella à Philadelphie malgré ſa famille, que nous repaſſâmes auſſi-tôt en Europe, & qu'en venant nous établir ici, elle exigea, pour éviter toutes pourſuites, que je changeaſſe mon nom de Montclam en celui de Fontorbe, que j'ai toujours porté depuis.

J U L I E N.

Je me ſouviens de tout cela comme ſi c'était hier, car Madame & moi nous en avons parlé tous les jours depuis votre départ, mais, je vous le répète encore, comment cela a-t-il fini par vous forcer à l'abandonner ?

L E   B A R O N.

Mon ami, après cinq ans d'une union que le tems me rendait chaque jour plus chère, je reçois une lettre où l'on m'apprend qu'une femme ſe feſait appeller Montclam & paraiſſait dans la miſère...

je n'avais qu'un parti à prendre.... je courus fur
fes traces.

JULIEN, *triftement.*

Eh bien.... l'avez-vous retrouvée?

LE BARON.

J'ai confumé trois ans à fa pourfuite, enfin j'ai
fu que c'était une chimère qu'une conformité de
noms avait pu créer dans la tête exaltée de quelque
indifcret ami.

JULIEN.

Ah! je refpire! je mourais de peur pour notre
chère Maîtreffe que vous n'euffiez retrouvé cette
première femme, que je n'ai jamais connue, & qui
ferait reffufcitée là, bien mal à propos.

LE BARON.

Tais-toi, j'entends quelqu'un qui vient, ne dis
pas qui je fuis.

SCÈNE X.

LUCY, NANNETTE, LE BARON, JULIEN.

NANNETTE *à Lucy, lui montrant Julien.*

Tenez, voilà l'homme qui doit vous conduire
au Château.   (*Elle fort.*)

LUCY.

C'eft vous, Monfieur, qui venez de la part de
Madame la Baronne?

JULIEN.

Oui, Mademoifelle, elle vous attend avec bien
de l'impatience ; elle m'a recommandé cependant
de prendre garde de gêner votre maman qui eft un
p'tit brin malade, ainfi je fuis là pour faire tout
ce que vous voudrez.

LUCY.

Voulez-vous monter avec moi? vous lui par-
lerez, elle vous dira fi elle eft en état de fe rendre
de fuite au Château.

JULIEN.

Avec plaifir, Mamfelle... (*au Baron bas*) Il
me femble qu'elle eft affez agréable c'te jeuneffe-là,
qu'en penfez-vous, Monfieur le Baron?

(*Lucy veut fe retirer avec Julien.*)

LE BARON.

Je la regarde avec un intérêt fingulier.... Mademoifelle..... en grace, reftez encore un moment.

LUCY *lui fait une révérence profonde.*

Monfieur, n'ayant pas l'honneur d'être connue
de vous....

LE BARON.

Il eft vrai.... auffi...; je voudrais bien....
Mademoifelle , n'ayez aucune crainte, je fuis.

JULIEN.

Je vais parler à votre maman n'ayez pas peur

de Monfieur le... l'officier, il faut ben que vous vous accoutumiez à vous (*le Baron lui fait des fignes*) trouver feul avec lui... ou avec d'autres, (*bas au Baron*) ça ne dit rien, vous voyez que je me fuis bien repris.

LE BARON.

Bien, mais va-t-en.

(*Julien monte en haut.*)

LUCY *au Baron qui l'arrête lorfqu'elle veut fuivre Julien.*

Monfieur, permettez....

LE BARON.

Mademoifelle deux mots feulement, c'eft par l'intérêt, le vif intérêt que votre perfonne m'infpire.

LUCY (*à part.*)

J'ai peut-être tort de refter, mais je le crois bien honnête.

LE BARON.

Répondez-moi ; j'ai appris.... cette homme m'a dit.... vous avez donc réfolu de paffer vos jours au fervice ?

LUCY.

Il le faut bien.

LE BARON.

Il me femble qu'il ne vous ferait pas difficile de trouver quelqu'autre état qui vous conviendrait davantage.

Lucy.

Ah! monfieur, que puis-je defirer de plus que
de paffer ma vie avec ma mère, qui va entrer chez
Madame la Baronne.

Le Baron.

Et vous n'avez plus de père?

Lucy.

J'étais bien jeune quand je le perdis.

Le Baron.

Et vous êtes fans fecours, fans protection?

Lucy.

Nous n'en avons pas befoin, notre fortune, il eft
vrai, a diminué de jour en jour, mais je fuis devenue plus grande & je ne défefpère pas de fournir
bientôt par mon travail aux befoins de ma mère
qui font la feule chofe dont je m'inquiete pour
l'avenir.

Le Baron.

Vous m'étonnez par votre courage.

Lucy.

Le malheur qui le rend néceffaire, fait le donner... (*bas en s'éloignant*) Mais qu'eft-ce que j'ai
donc! je fens... un trouble!...

SCÈNE XI.

JULIEN, LE BARON, LUCY, NANNETTE.

JULIEN, *redescendant.*

Cette Dame dit qu'elle se trouve mieux.

LE BARON. (*bas*)

Eh bien, emmène-les tout de suite, & reviens me rejoindre ici ; je vais écrire à Stella ; une lettre la préparera plus adroitement que toi à la nouvelle de mon retour, ne lui en dis encore rien, j'en veux ta parole.

JULIEN.

Je vous la donne, quoiqu'elle me coûte : (*à part*) ce secret-là m'étouffera :

NANNETTE, *arrivant.*

Monsieur est servi dans son appartement.

(*Lucy veut aller trouver sa mère.*)

LE BARON.

J'y vais…. (*à Lucy, lui prenant la main comme voulant la retenir.*) vous allez donc chez Madame de Fontorbe ?

LUCY.

Oui, Monsieur, puisque Maman est prête, nous allons nous y rendre.

LE BARON, *avec amitié.*

Allez, allez, chère enfant,
Vous me reverrez peut-être !
Allez, allez, chère enfant,
(*à part.*) Qu'il m'en coûte en ce moment
Pour empêcher de paraître
Le trouble que mon cœur fent !

(*Nannette écoute & marque de la furprife du ton tendre du Baron.*)

(*Haut & encore plus tendrement.*)
Allez, allez, chère enfant,
Vous me reverrez peut-être !
Allez, allez, chère enfant.

LUCY.

Monfieur fi la deftinée
Nous fait rencontrer encor,
Je me croirai fortunée
J'en remercirai le fort.

NANETTE, *avec malignité.*

Qu'eft-ce donc qu'il fe pro-
pofe
En lui parlant tendrement?
C't'Officier brufque la chofe
Me femble ben prompte-
ment.

JULIEN, *riant de l'idée qu'a conçue Nannette.*

J'entends bien Nannette
qui glofe
Sur c't'adieu fait tendre-
ment,
Ce n'eft pas ce que fuppofe
Son efprit malignement,
Moi j'ai le fil de la chofe,
Mais j'n'en dirai rien pour-
tant.

LE BARON, *à part.*

Vers elle fans réfiftance
Mon cœur fe fent entraî-
ner.

LUCY, *à part.*

Près de lui fans défiance,
J'ai peine à m'en éloi-
gner.

LE BARON, *haut.*

Sa figure, fa jeuneffe
Tout en elle m'intéreffe !

NANETTE ET JULIEN, *riante.*

Sa figure, fa jeuneffe
Tout en elle l'intéreffe !

LE BARON.

Et jufqu'au fon de fa voix,
Tout en elle m'intéreffe.

NANNETTE ET JULIEN, *riant.*

Oh ! je le crois ! oh ! je le crois !

LE BARON, *à Lucy.*

Adieu, recevez ma promeffe
De vous revoir une autre fois.

LUCY.

Très-fenfible à cette promeffe
Je la reçois, je la reçois.

TOUS ENSEMBLE.

NANNETTE.	JULIEN.	LE BARON.	LUCY.
C'eft pis que de la politeffe.	C'eft mieux que de la politeffe	Adieu, comptez fur ma promeff.	Adieu , tenez votre promeffe
Ilsontbienl'air, & je le crois,	Ilsontbien l'air. & je le crois,	De vous revoir une autre fois.	Je la reçois, je la reçois ,
De fe revoir une autre fois.	De fe revoir une autre fois.	De vous revoir une autre fois.	Je la reçois, je la reçois.

Fin du premier Acte.

ACTE II.

Le Théâtre repréfente une Gallerie du Château de Stella, faifant Salon, elle a trois ouvertures par lefquelles on découvre la perfpective des jardins, &, dans le lointain, un endroit planté de Peupliers & de Cyprès.

SCÈNE PREMIERE.
STELLA, JULIEN.

STELLA *d'abord feule, elle eft affife & brode.*

ELLES ne viennent pas!..... mais, d'où naît mon impatience ? des fentimens inexplicables !.... tantôt, il me femble que j'attache mon bonheur à la vue de ces deux femmes ; tantôt, en penfant à elles, je fens une efpèce de faififfement, & même d'effroi..... je voudrais que cette journée fût paffée !

(Julien entre par l'antichambre
fuppofée à droite.)

Eh bien? les avez-vous amenées ?

JULIEN, *montrant l'antichambre.*

Oui, Madame, elles font là.

STELLA.

S t e l l a.

Ah ! j'en fuis bien aife !

D U O.

J u l i e n.

Vous allez voir ces Demoifelles
Que vous defiriez ardemment ;
Mais je crains que bientôt pour elles
Vous n'ayez moins d'empreffement.

S t e l l a.

Eh comment ? eh comment ?

J u l i e n.

Il arrive par fois des chofes !......
(*à part*) Si j'lui difais que fon époux....
Que le retour de fon époux
Va d'un fentiment bien plus doux......
Mais chut, tenons les lèvres clofes,
(*haut*) Vous allez voir ces Demoifelles
Mais je crains que bientôt pour elles......
Oui je crains bien, je m'entends bien.

S t e l l a.	J u l i e n, *à part.*
Mais que dites-vous donc Julien ? Ça n'eft pas bien, ça n'eft pas bien.	Mais chut, mais chut, Monfieur Julien, V's'avez juré, ne dites rien.

S t e l l a.

Que vous ont fait ces Demoifelles ?

J u l i e n.

Rien, je vous jure, à moi, rien, rien.

STELLA.

Vouloir me prévenir contr'elles
Ça n'est pas bien, ça n'est pas bien !

STELLA.	JULIEN.
Que vous ont fait ces De- moiselles ? Pourquoi donc dire que pour elles Je -perdrai mon empresse- ment ?	Vous allez voir ces Demoi- selles , Mais je crains que bientôt pour elles Vous n'ayez moins d'em- pressement.

STELLA.

Expliquez-vous : pourquoi ? comment ?

JULIEN.

Oh ! c'est qu'il arrive des choses......
Sans qu'on y pense il vient des causes.....

STELLA.	JULIEN.
Mais quelles choses ? Mais quelles causes ? Lorsque l'on avance les choses Il faut savoir plus claire- ment Les soutenir, ou bien l'on ment. Les soutenir , Ou bien l'on ment. Eh bien ! vous ne dites plus rien ! Julien ! non cela n'est pas bien , Je vous croyais au fond de l'âme Plus de bonté , De charité , Je vous croyais au fond de l'âme , Monsieur Julien , Plus de bonté pour le pro- chain.	Il est des choses , Il est des causes. Mais chut, gardons nos lèvres closes , Mais chut ! mais paix. J'ai fait serment Il faut l'tenir , c'est dur pourtant ! Il faut l'tenir. C'est dur pourtant ! Je ne peux vous dire , Ma- dame , En vérité , En vérité , Ce que j'ai dans le fond de l'âme , Mais croyez bien Que j'n'ai point de mauvais dessein.

S t e l l a, *avec un peu d'humeur.*

Allons faites-les entrer.

(Julien va en riant, ouvrir la porte à droite.)

Je ne fais ce que cet homme a dans la tête!...
ah!.. jaloufie de Domeftique! voilà ce que c'eft.

(Les femmes paraiffent.)

J u l i e n, *dit à part, en fe retirant.*

Courons, rejoindre Monfieur le Baron.

<hr>

SCÈNE II.
CECILE, LUCY, STELLA.

<hr>

(Cecile & Lucy fe tiennent à quelque diftance,
après avoir fait une révérence très-baffe. Cecile
n'ofe lever les yeux.)

S t e l l a.

Approchez, Madame, & affeyez-vous : j'ai
appris que vous étiez indifpofée, je craindrais.....

C e c i l e.

Madame, cela ne fera rien, & mon devoir n'en
fouffrira pas.

S t e l l a.

Votre devoir!.... laiffez ce mot. Je ne l'em-
ploierai jamais vis-à-vis de vous...... *(à part)*

Cette femme m'en impofe!.... la préfence d'une perfonne malheureufe m'a fait toujours cet effet là!.... (*haut*). Et toi, Lucy, tu me parais plus férieufe que ce matin!

L U C Y.

Madame , ...

C E C I L E.

Ma fille tâchera de fe rendre agréable à Madame, le plus qu'il lui fera poffible , c'eft fur-tout ce que je lui ai recommandé.

S T E L L A.

Elle me plait déjà infiniment.

C E C I L E.

Pour moi je crains bien que l'habitude de la trifteffe ne me rende peu propre à vivre auprès d'une jeune Dame ; mais je ferai tous mes efforts pour me vaincre , & mes larmes.... (*elle pleure malgré elle*) (*Stella la fixe*) ce feront les derniè-res, Madame, ce feront les dernières. (*elle s'effuie les yeux, mais les pleurs la gagnent toujours.*)

LUCY *fe met aux genoux de fa mère, qu'elle veut empêcher de pleurer.*

Maman!

STELLA *regarde ce tableau avec attendriffe-ment. (elle fe lève)*

Ah ! pourquoi retenir vos pleurs! Laiffez-leur un libre paffage ;

La plainte calme les douleurs,
Et de ce remède aux malheurs
J'ai fait souvent moi-même usage.

Ah ! ne retenez point vos pleurs
Laissez-leur un libre passage ;
Mêmes chagrins sont dans nos cœurs,
Les soupirs, les regrets, les pleurs,
C'est là me parler mon langage !

Cecile *se lève faisant un effort sur elle-même.*

Pardon, Madame, je n'aurais pas dû, en votre présence......

STELLA.

Eh ! pourquoi ! me feriez-vous le tort de croire que vos larmes puissent m'offenser ! ah ! qui plus que moi doit s'y montrer sensible : sachez qu'il n'est point de jour, depuis trois années, que je n'en aie versé moi-même. Ces murs, ces appartemens, tout a retenti des accens de ma douleur, & sans doute vous n'en ignorez pas le sujet. On vous aura dit.....

CECILE.

Que depuis quelques-tems votre époux s'était éloigné.....

STELLA.

Oui, depuis trois années ! mais vous n'avez pas su... ah ! si vous connaissiez toutes les circonstances de ce départ affreux ! voilà, voilà l'endroit où je le vis pour la derniere fois ! c'est à cette porte

que me ferrant dans fes bras, il jetta un foupir
qui fembla déchirer fon âme ; il me montra une
lettre, & fans vouloir me la laiffer lire, il s'enfuit...
hélas ! pour ne revenir, peut-être, jamais !

L u c y.

Jamais ! ah ! ne le croyez pas.

S t e l l a.

Je l'attendis vainement, le lendemain, & le lendemain encore ! tous les jours nouvelle efpérance,
tous les jours nouveau défefpoir ! rien n'affaiblit
en moi le fouvenir de ce départ, il me femble
préfent, c'était hier, aujourd'hui, tout-à-l'heure !

C E C I L E.

Je le comprends.

S t e l l a.

Cette image me fuit en tous lieux !

C e c i l e.

Je le crois, fans peine.

S t e l l a.

Quelquefois, lorfque je tombe de penfées en
penfées, que mon ame attendrie fe plait à fe retra-
cer les fonges agréables du paffé, que j'ai le pref-
fentiment d'un avenir femblable, & qu'à la pâle
lueur de la lune j'erre çà & là dans ce jardin, tout-
à-coup je me trouve faifie d'être feule ! je l'appel-

Je, je répète son nom, je crois le voir, j'étends
mes bras.... & je suis seule!.... seule!.... dans
le silence de ces bois sombrement éclairés, pas une
voix qui me réponde! & les Astres de la nuit jettent sur les objets une froide & triste lumiere), &
je vois à mes pieds le tombeau de ma fille!

C E C I L E.

On m'a dit, en effet, que vous aviez eu un
enfant.

S T E L L A.

Oui, & je l'ai perdu, & ce souvenir ajoute à
la douleur des autres, je le porte aussi par-tout.
Lorsqu'à la promenade un enfant du village ac-
court au-devant de moi, & que de sa petite main
il me jette un baiser, cela me fait une impression
qui passe jusqu'à l'âme! remplie de tristesse & d'envie, (car je suis réduite à envier toutes les*mères),
je caresse cette innocente créature, je la souleve au
haut de mes bras, je vais pour l'embrasser, mais le
plus souvent je la pose doucement à terre, mon
cœur est déchiré, & je pleure : je suis.... je suis
désespérée!

C E C I L E.

Les cœurs sensibles sont bien à plaindre.

S T E L L A.

Je ne conçois pas que je puisse être encore ca-
pable de sentir! comment ai-je pu soutenir des

D 4

coups fi cruels? ma fille étendue à mes pieds! &
je refte là, fans mouvement, fans connaiffance, fans
douleur! je refte-là..... la garde prit l'enfant, le
preffa contre fon fein, & s'écria, il vit encore!
je me jette éperdue fur elle, fur l'enfant!... elle
s'était trompée, il était mort! pourquoi ne l'ai-je
pas fuivi?

L u c y.

Madame.

C e c i l e.

Ecartez loin de vous ces triftes images.

S t e l l a.

Non; je me trouve fi bien, fi à mon aife de ce
que mon cœur peut s'étendre, de ce que je puis
verfer dans votre âme tout ce qui oppreffait la
mienne! ah! c'eft fur-tout quand je commence à
parler de celui qui était tout pour moi.... mes
amies, il faut que vous voyez fon portrait! oui, le
portrait de Monfieur de Fontorbe; toujours il me
femble qu'il faut avoir vu la figure d'un homme
pour deviner tout ce qu'il infpire.

L u c y.

Je fuis curieufe de le voir!

Stella *les mène vers la porte d'un appartement
à gauche.*

Par ici, mes chères amies, regardez.

*(Elle ouvre la porte de l'appartement, elles re-
gardent fans entrer.)*

Cᴇᴄɪʟᴇ, *reculant & venant s'appuyer sur le dos d'un fauteuil.*

Dieu !

Sᴛᴇʟʟᴀ, *sans s'en appercevoir.*

C'est lui !.. c'est lui-même, & cependant combien il s'en faut encore que ce soit lui ! le peintre n'a pu exprimer cette ivresse, cet accord des âmes ! ô mon cœur, c'est toi seul qui les sens.

Lᴜᴄʏ, *qui a beaucoup regardé le portrait.*

Madame !... oui, plus je le regarde !.... Madame, j'ai laissé à l'Auberge un Officier qui lui ressemble !... oh ! c'est lui-même, j'en jurerais.

S ᴛ ᴇ ʟ ʟ ᴀ.

(*avec transport*)

Aujourd'hui !.... (*tristement*) tu te trompes, tu te trompes !

Cᴇᴄɪʟᴇ, *à part pendant ce tems.*

Qu'entends-je ?

L ᴜ ᴄ ʏ.

Oui, aujourd'hui ; seulement, un peu plus hâlé du soleil ! c'est lui ! c'est lui !

Sᴛᴇʟʟᴀ, *ouvre ses bras pour l'embrasser.*

O mon ange, tu étais faite pour me donner une bonne nouvelle ! Julien ? (*elle sonne à coup redoublé, des Domestiques viennent*) quelqu'un ? tout le monde ? allez.... votre maître..... mon époux... à l'auberge ; non, suivez-moi, je ne veux m'en rapporter à personne, j'y vole moi-même.

SCENE III.
CECILE, LUCY.

LUCY.

MAMAN, qu'avez-vous donc encore? comme vous avez pâli tout-d'un-coup.

CECILE.

C'est le dernier jour de ma vie, je me sens mourir! mon cœur est si oppressé Il ne peut plus le supporter! tout, tout à la fois!

LUCY.

Vous me faites frémir! qu'avez-vous, qu'avez-vous, Maman?

CECILE, *se traînant vers le portrait.*

Cet époux.....ce portrait.... celui qu'on attend.... cet amant chéri..... c'est mon époux, c'est ton père!..

LUCY.

Mon père! cet Officier!.... ah! mon cœur m'en avertissait tantôt!

CECILE, *réfléchissant, bas.*

Et il est ici! dans un moment il sera dans ses bras!... & je les verrai se prodiguer les plus doux

noms, & je ferai témoin de leur tendreffe mutuel-
le!.... non, non. Je pars... je pars & fans le voir.

LUCY, *avec chaleur.*

Maman, je ne vous quitte pas!

CECILE.

Oui, je m'éloignerai, je fuirai un fpectacle trop
cruel pour moi... oui, je fuirai, pendant qu'énivrée
de fon bonheur, & de la joie que doit lui infpirer
fon retour!..

LUCY.

Partons, Maman, partons.

CECILE.

Mais s'il faut qu'au moment où je le retrouve,
je le perde à jamais ; il n'en eft pas de même de
toi, ma Lucy ; je fais ce que m'impofe le nom de
mère : je ne m'éloignerai point fans l'avoir vu ; je te
préfenterai à lui ; il te reconnaîtra, il t'aimera,
ma rivale même ne te haïra pas, & moi j'irai con-
fumer le refte de mes jours dans quelque retraite
ignorée, heureufe encore en mourant d'avoir la
confolation d'être tranquille fur ton fort.

LUCY.

Rien ne me féparera de vous, quels que foient vos
projets. Je ne vous quitterai point : non ; je ne vous
quitterai jamais.

SCÈNE IV.

LE BARON, STELLA, CECILE, LUCY.

STELLA, *tenant le Baron par la main & entrant*
la première.

LE voilà! le voyez-vous? le voilà.

CECILE *à Lucy, en l'entraînant vers la droite.*

C'eſt lui! c'eſt lui! ce n'eſt pas là le moment
de lui parler, ſortons.

(*elles ſe retirent.*)

STELLA *aux Domeſtiques qui s'attroupent.*

Le voyez-vous, tous? le voilà. Combien de fois
ai-je pleuré, gémi, devant vous, vous le rede-
mandant ſans ceſſe! & vous craigniez.....

LE BARON *aux Domeſtiques qui lui font de gran-*
des révérences.

Mes amis, mes amis... je ſuis ſenſible... mais
laiſſez-nous.

(*Il leur fait ſigne de ſe retirer*), *ils s'en vont.*)

STELLA, *l'embraſſant.*

Oui, oui, laiſſez-nous..... te voilà donc enfin
revenu!

LE BARON.

Oui, ma chère, ma bien aimée!

S T E L L A.

Ton abfence a été bien longue! mais puifqu'enfin te voilà, je ne veux rien entendre, rien favoir,
finon que tu es là.

L e B a r o n.

Et moi je ne veux plus penfer à rien qu'au bonheur d'être réunis.

S t e l l a.

Tu m'es rendu! il me fuffit!... je ne me connais
plus, ce que je dis, ce que je fais, je n'en fais
rien! eh! que m'importe.

D U O.

S T E L L A.	Eh quoi! c'eft toi?
L e B a r o n.	Eh oui! c'eft moi?
S t e l l a.	C'eft encor toi?
L e B a r o n.	C'eft encor moi?
S t e l l a.	C'eft toujours toi!
L e B a r o n.	C'eft toujours moi!

S T E L L A, *ils intercallent.* *Stella commence.*	L e B a r o n.
Toujours, toujours ce fera toi!....	Toujours, toujours ce fera moi!
Toujours toi!...	Toujours moi!
Pendant l'abfence il était là!...	Pendant l'abfence elle était là!
Il y fera De même encore!	Elle y fera De même encore!

E N S E M B L E.

Oui, oui, toujours tu feras là,
Tu feras l'objet que j'adore!

STELLA.	Enfemble !
LE BARON.	Enfémble !

ENSEMBLE.

Enfemble, enfemble & pour toujours.
L'heureux inftant qui nous raffemble
Devient la féte des amours.
Voilà le plus beau de mes jours.
Enfemble , enfemble.
Et pour toujours,
Et pour toujours !
Mon bonheur a repris fon cours.

SCÈNE V.

JULIEN, STELLA, LE BARON.

JULIEN, *un peu miftérieufement.*

Madame?

STELLA, *avec indifférence.*

Eh ! que me veux-tu ? tu as un air trifte qui ne convient plus ici à perfonne.

JULIEN, *haut.*

Eh mais auffi, Madame , les deux étrangères qui veulent partir.

STELLA.

Partir ! je ne le crois pas.

J U L I E N.

C'eſt comme je vous le dis : elles m'ont prié d'aller ſécretement prendre leurs habits, & de dire à Madame, qu'elles feraient ſans ceſſe des vœux au ciel pour ſon bonheur, mais qu'il leur était impoſſible de reſter.

L E B A R O N, *à Julien.*

Eſt-ce cette Dame que tu es venu chercher avec ſa fille !..

S T E L L A.

Oui, mon ami. Eſt-il poſſible que dans un moment comme celui-là, elles me cauſent tout cet embarras !

L E B A R O N.

Quel ſujet peuvent-elles avoir ?.....

S T E L L A.

Je l'ignore, je ne veux même pas le demander. Il y a des gens à qui la joie des autres fait peine.... je ne l'aurais pas cru de cette femme-là ! je ne les verrai pas partir avec plaiſir, ſur-tout ſa fille : mais enfin elles ſont libres : ſi je ne t'avais pas, je crois que cela m'affligerait beaucoup plus. Julien, tu avais raiſon tantôt.

J U L I E N.

Cette Dame dit auſſi qu'avant de partir elle demande la permiſſion de dire un mot à Monſieur le Baron.

LE BARON.

A moi !

JULIEN, *il fait un signe d'argent.*

Je crois que c'est pour...... car elle ne me paraît pas bien fortunée.

STELLA, *au Baron, en lui donnant une bourse.*

Ah ! mon ami, donne-leur, tiens, donne-leur beaucoup, & encore cette petite bague pour la jeune fille, je vais me promener dans le jardin, tu viendras m'y rejoindre...

LE BARON, *à Julien.*

Va avertir cette Dame que je suis seul.... je ne verrai point s'éloigner sa fille sans regret, cet enfant m'a vivement intéressé.

SCÈNE VI.

CECILE, LE BARON, LUCY.

(*Lucy vient plus tard & reste à écouter.*)

LE BARON.

MADAME, avant que de savoir ce que vous souhaitez de moi, je dois vous demander si c'est mon arrivée au Château qui dérange le projet que vous aviez formé d'y demeurer.

CECILE,

CECILE, *un peu de côté, son mouchoir sur les yeux.*

La préfence des infortunés eft à charge aux perfonnes heureufes.

L E B A R O N.

Ah! vous nous jugez bien mal.

C E C I L E.

Monfieur, je voudrais… (*foupirant*) m'éloigner…. ne me retenez pas, il faut que je parte.
Croyez que j'ai de puiffantes raifons! je vous en
conjure, ne me retenez pas.

L E B A R O N.

Quel fon de voix me rappelle en ce moment!…
(*vivement & troublé*) Madame, je vous prie de
me confier……

C E C I L E

Il faudrait vous raconter mes malheurs, & comment écouteriez-vous mes gémiffemens & mes plain-
tes dans ce jour où tout entier à une autre femme……

L E B A R O N, *avec exclamation.*

A une autre femme!…. Ciel! c'eft elle! c'eft
Cecile! Et c'eft donc là ma Lucy!

(*Lucy tombe à fes pieds, Cecile eft dans fes bras.*)

C E C I L E E T L U C Y.

Mon père!…. Mon époux!

(*Il les embraffe toutes les deux.*)

E

C E C I L E.

Souffre-moi pendant ce feul moment, & en-
fuite abandonne-moi pour jamais.

L E B A R O N.

Que dis-tu ?.. que dis-tu?... ma femme, ma
fille !....

(Il les embraffe encore.)

C E C I L E.

Montelam, mon cher Montelam, je ne te demande rien que ce feul moment. Tu as reconnu ta
fille, c'eft tout ce que je voulais, ton cœur m'affure
du refte;.. maintenant je puis partir.

L E B A R O N.

Je ne le fouffrirai point : ce ne fera pas pour te
perdre encore que je t'aurai retrouvée.

C E C I L E, *lui ferrant la main.*

Retrouvée!..... tu ne me cherchais pas!

L E B A R O N.

Eh ! c'eft dans ce deffein que j'ai voyagé depuis
trois ans entiers. Vous n'êtes jamais fortie de mon
fouvenir, toi, ma Cecile; ta fille, ma Lucy; cette
créature fi aimable, fi douce, qui m'avait déjà bien
intéreffé fans la connaître! c'eft ma fille ! oh! que de
joie !

L U C Y.

Vous êtes le meilleur & le plus cher de tous les
pères, puifque vous redevenez encore le mien.

LE BARON.

Oui, & pour jamais. Mais comment, par quel moyen inconcevable faut-il que ce soit ici que nous nous trouvions réunis!

CECILE.

Le hasard a tout fait. Les suites du cruel événement qui nous ravit l'un à l'autre, me firent errer assez long-tems sous un ciel étranger, sans pouvoir te donner de mes nouvelles, ni apprendre des tiennes ; enfin lorsque j'allais reparaître dans ma patrie, je sus que tu l'avais quittée : des avis, qui furent toujours faux, me firent te chercher, envain, jusqu'à ce moment, que me trouvant dans une ville voisine de ces lieux, la misère allait nous placer chez Stella.

LE BARON, *avec déchirement.*

Ma femme, ma fille, femme-de-chambres chez... ô ciel! ciel!... Ecoute, chère Cecile, épargnons au moins à cette infortunée la connaissance d'un événement qui n'étant point préparé, lui causerait la mort.... elle pourrait nous surprendre,.... il faut nous concerter ici.... nous partirons.

CECILE.

Oui, nous;.. mais toi!.. le pourras-tu?

LE BARON.

Lucy, cours à la poste, demande une voiture

pour trois, tu reviendras auſſi-tôt rejoindre ta mère dans ce ſalon. (*montrant une couliſſe à gauche*) Je vais aller trouver Stella au jardin & lui dire.... que je veux vous accompagner juſqu'à la poſte, pour vous y recommander,.... que je payerai vos chevaux ſecrétement ; ah ! Stella ! c'eſt par ton cœur, par ta bienfaiſance que je te tromperai... va, ma Lucy, je ne puis me confier qu'a toi, ne perds point de tems.

L u c y.

(*Elle ſort en courant.*)

Oh ! la joie va me donner des ailes.

L e B a r o n.

Pour toi, chère Cecile, tu ne me quitteras plus.

C e c i l e.

Montclam, quel ſacrifice vous me faites !... mon cœur pourra-t-il ſuffire à toute ſa reconnaiſ-ſance ?

L e B a r o n.

Je tremble que quelqu'un ne nous ſurprenne... Cecile, ma chère Cecile, entre ici, & ſèche tes pleurs (*Il la conduit à l'appartement de la droite*) (*ſeul*)
Allons trouver Stella, & tâchons ſous quelque pré-texte de l'empêcher de revenir au Château juſqu'à ce que nous en ſoyons partis.... parti !... je vais donc la quitter encore !... je l'aimais.... je l'a-

dorais!.. Mais la voix de mon devoir ne peut être étouffée par rien.... ah! Stella.... Stella!... comment me préfenter devant elle... Ciel! la voilà, (*il l'apperçoit qui vient par le jadin*) donne-moi la force... ah! quel térrible inftant!

SCÈNE VII.
STELLA, LE BARON.

STELLA.

Quoi! tu n'es pas venu me rejoindre! qu'as-tu fait? qui t'a retenu? je fuis feule depuis long-tems, depuis bien long-tems! (*le fixant*) qu'as-tu? tu parais trifte, feraient-ce ces femmes?...je leur en veux de m'avoir enlevé la joie de mon bien-aimé.

LE BARON.

Oui.... ces femmes ont jetté le trouble dans mon cœur!... la mère a été bien malheureufe!... elles ne veulent abfolument pas refter, ne les retiens pas, Stella.....

STELLA.

Non certainement, je te l'ai déjà dit, ah! Fontorbe, quand je les ai defirées, j'avais befoin de fo-

ciété, mais à préfent... je te poffede.... (*elle
jette un bras à fon col.*)

Le Baron (*voulant ôter fon bras tout doucement.*)
Calme-toi.

S T E L L A.

Laiffe-moi comme cela.... je fuis bien!.. tout
ce qui m'environne eft doux & radieux. Ah! fi tu
étais venu au jardin , toute la nature femblait me
fourire, & me féliciter fur ton retour!

(*à part*)　　　L e B a r o n.　　　(*haut*)
Moi malheureux, l'abandonner!... laiffe , laiffe
Stella.

S T E L L A.

C'eft encore ta douce voix, ta voix aimante!
Stella , Stella.... tu fais combien j'aimais à t'entendre répéter mon nom.... Stella!... mais c'eft
que perfonne ne l'a jamais prononcé comme toi.....
toute l'âme de l'amour eft alors dans le fon de ta
voix.

L e B a r o n. (*à part*)
Elle me brife le cœur!

S T E L L A.

Comme il a toujours été préfent à ma mémoi-
re, ce jour où je te l'entendis prononcer pour la
première fois, ce jour où commença tout mon
bonheur.

Le Baron, *avec un cri echappé malgré lui.*
Son bonheur, ah !

SCÈNE VIII.

LA Ve. TATILLON, LE BARON, STELLA.

LA Ve. TATILLON, *elle entre de force malgré Julien.*

(à la couliſſe repouſſant Julien.)

EH ! laiſſez-nous, vous dis-je, je veux lui parler abſolument... Madame la Baronne.

LE BARON, *inquiet.*

Quoi donc! quoi donc?

LA Ve. TATILLON, *paſſant devant lui.*

C'eſt n'eſt pas vous, Monſieur, ce n'eſt ni beau, ni honnête... Madame la Baronne tout le monde vous aime ici & je ne ſouffrirons point qu'il vous arrive encore un malheur quand je pouvons l'empêcher en vous avertiſſant.

STELLA, *vivement.*

Que voulez-vous dire?

LA Ve. TATILLON.

Que votre mari vous quitte encore une fois.

LE BARON, *(à part.)*

O Ciel!

S T E L L A, (*avec dépit.*)

Vous êtes folle, Madame !

L A Vᶜ. T A T I L L O N.

Oh! que nenni! je vous prévenons que c'te petite fille que vous avez prise au Château, lui a donné dans l'œil, qu'il en est amoureux, & qu'il part cette nuit avec elle.

S T E L L A, *troublée.*

Fontorbe!

L E B A R O N, *troublé.*

Amoureux! c'est une enfant!

L A Vᵉ. T A T I L L O N.

Oh! oui, une enfant! il fallait voir les tendres adieux qu'il lui faisait ce matin! Nannette m'a conté tout ça, & je gagerais que ce n'est pas d'aujourd'hui qu'ils se connaissent; tant y a qu'il part avec elle, que la petite est chez nous qui a demandé une voiture pour trois, disant tout net qu'il s'en allait avec elle & sa mère.

S T E L L A, *souriant avec peine.*

Oh! il y aura là quelque méprise : n'est-il pas vrai ?.....

L E B A R O N, *furieux.*

Laissez-nous, Madame, laissez-nous.

La Vᵉ. Tatillon.

Oh ! ça m'eſt égal à préſent, v'là ma conſcience tranquille !

(*elle ſort*)

Stella.

Mon ami, delivre-moi de cette affreuſe inquié-tude. Je n'ai rien à craindre du cœur de Fontorbe, & cependant le babil de cette femme m'a troublée... tu l'es toi-même !... Fontorbe... je ſuis ta Stella, n'eſt-ce pas ?

Le Baron, (*ſe retourne & lui prend la main.*)

Tu es....(*il ne peut achever.*)

Stella.

Tu m'effrayes ! ton œil égaré !..... tu ne fuis pas ?.....

Le Baron, *à ſes pieds.*

Fuir ! ah ! toute ma force m'abandonne, je n'ai pas le courage de te plonger un poignard dans le ſein, & je veux ſecrétement te frapper, t'aſſaſſiner, Stella !

Stella.

Grand dieu !

Le Baron, *ſe relevant tout tremblant de rage.*

Et pour ne pas voir ſon infortune, pour ne pas entendre le cris de ſon déſeſpoir, je voulais fuir ſecrétement.... il faut que rien, rien ne me ſoit épargné !

Stella, *d'une voix éteinte.*

Je me meurs ! (*elle chancelle, il la foutient fur un bras, elle le ferre avec un frémiffement.*)

Le Baron.

Toi que je tiens dans mes bras ! toi qui-étais tout pour moi , toi pour qui je fuis tout encore, Stella !... (*froidement*) je t'abandonne.

Stella.

(*avec force*) Moi !.... (*elle fourit*) Moi !.... (*fon œil s'égare*) tu pars ! toi ! avec cette jeune fille !

Le Baron.

Avec cette femme que tu as vue.

Stella.

Quelle épaiffe nuit ! (*elle s'affied & ferme les yeux*) & cette étrangere ?

Le Baron, *à fes pieds.*

Eft ma femme.

Stella, *elle ouvre les yeux, le fixe & laiffe tomber fes bras.*

Ta femme !

Le Baron.

Et Lucy c'eft ma fille ! (*Stella eft évanouie, il s'en apperçoit*) Stella ! Stella ! elle ne m'entend plus (*il crie aux portes*) du fecours, du fecours !.....

SCENE IX.

CECILE, LUCY, JULIEN *entrent vivement.*

(Cecile & Lucy secourent Stella.)

LE BARON.

Voyez, voyez! elle expire! secourez-la, secourez-la!....

(Stella fait un mouvement.)

CECILE.

Elle revient à elle!

LE BARON *la regardant.*

Et par vous! & par vos soins! quel spectacle!
... ah! je ne puis le supporter.

CECILE, *à Julien.*

Entraînez un instant votre maître.

STELLA.

L'entraîner! qui!... où est-il? *(elle retombe &
regarde Cecile & Lucy qui lui prodiguent leurs
soins) (elle les regarde avec l'air de la folie.)*
Je vous remercie, je vous remercie.... qui êtes-
vous?

CECILE.

Calmez-vous?... je suis Cecile.

STELLA.

Vous!.... vous n'êtes donc pas parties.....(*elle se lève*) vous êtes.... Dieu!... qui me l'a dit?... (*elle prend Cecile par la main, la regarde*) qui es-tu?... es-tu?...... non... je n'en puis plus, je succombe.

CECILE.

Sa douleur me pénètre. Ma chère, ma meilleure amie!..

STELLA.

Tu me presses contre ton cœur.... tu n'es donc pas... dis-moi... c'est profondément gravé dans mon âme, il m'a dit... es-tu?...

CECILE.

Je suis.... je suis sa femme.

STELLA.

Et moi que deviens-je, grand Dieu! ô honte!

(*elle s'arrache avec précipitation de ses bras, se jette en fureur les genoux en terre devant un fauteuil, où elle enfonce sa tête, comme pour cacher sa honte.*)

(*elle se relève, marche à grands pas.*)

Malheureuse! malheureuse!... je vois... je sens.. époux.... père... perdu, perdu à jamais (*à Cecile d'un ton bien suppliant*) ne le reverrai-je plus?

CECILE.

Va, Lucy, va chercher ton père. (*Lucy sort*)

S T E L L A.

Non, non; je vous conjure... arrêtez-la....
éloignez-le, ne le laissez pas revenir. (*bas*) Eloigne-
toi... homme trompeur.... ô honte !....

C E C I L E.

Stella, écoutez-moi.

S T E L L A.

Laissez-moi, repoussez-moi... pourquoi me tends-
tu les bras? tu me hais !...

C E C I L E.

Ah Dieu ! que dites-vous ?

S T E L L A.

Tu dois me haïr... tu le dois !.. j'ai empoisonné
votre vie, je vous ai ravi ce qui était tout pour
vous.....

C E C I L E.

Non, non, ce n'est pas vous qu'il faut en blâmer.

S T E L L A.

Vous étiez au comble du malheur, & moi....
de quelle félicité n'ai-je pas joui pendant ce tems.....
(*elle se jette à ses genoux*) pouvez-vous me par-
donner?

C E C I L E.

Que faites-vous de grâce.

S T E L L A.

Je veux rester ici prosternée à vos genoux, vous

implorer, gémir devant l'Eternel & vous.... pardon, pardon... (*elle se relève vivement*) pardon !... je ne suis pas coupable! confolez-moi plutôt... non, je ne suis pas coupable! tu me l'as donné, grand Dieu! & je l'ai reçu comme le plus cher de tes dons.... laiffez-moi, mon cœur fe déchire.

C E C I L E.

Ciel, daigne la regarder en pitié, rends à ce cœur innocent fa paix & fa tranquillité; le défefpoir eft pour le crime, & perfonne ici n'eft coupable.

S T E L L A.

Je lis dans tes yeux la douce parole de la bonté célefte, tu me plains!.. dis-moi donc que tu me plains!.. tu as fenti tout mon malheur !

C E C I L E.

Calmez-vous, s'il eft poffible; & reprenez vos fens; celui qui met dans nos cœurs ces fentimens qui nous rendent fi fouvent malheureux, peut auffi nous envoyer des confolations & des fecours.

S T E L L A, *fe jette dans fes bras.*

Je veux mourir dans tes bras.

C E C I L E.

Venez.

(*Longue paufe*)

(*Cecile la met doucement fur un fauteuil, elle a l'air de dormir.*)

S C È N E X.

LUCY, LE BARON, JULIEN, *ils aprochent*
tout doucement.

(Une harmonie triste se fait entendre,
ce sont des soupirs plaintifs.)

(Stella paraît dormir, elle met de tems-en-tems
la main sur son cœur.

C E C I L E.

Approchez... quelque repos ,
En la rendant plus tranquille,
Va suspendre au moins ses maux.

L e B a r o n.

Triste & funeste repos !
Son secours est inutile,
Rien ne peut guérir ses maux !

C e c i l e, J u l i e n, L u c y.

Ne troublons point un repos
Qui suspend au moins ses maux.

L e B a r o n.

J'entends encor ses sanglots !
Je vois sa langue glacée
Refuser à sa pensée
De proférer quelques mots !

Cecile, Julien, Lucy.

Ne troublons point son repos !
Qu'il suspende au moins ses maux.

(Stella met la main sur son cœur à deux reprises.)

Le Baron.

Hélas, comme elle soupire !
Voyez où pose sa main,
Ne semble-t-elle pas dire
En la portant sur son sein,
Que la blessure est mortelle ?
O ciel ! détourne loin d'elle
Ce présage trop certain !

Tous.

O ciel, détourne loin d'elle
Ce présage trop certain.   *(Stella s'éveille)*

Stella, *se levant avec transport.*

Où suis-je ?... je le vois !... barbare !...
Barbare, laisse-moi !

Le Baron.

Stella !....

Stella.

Plus de Stella pour toi !
Ne sais-tu plus ?.... tout nous sépare !

Le Baron.

Ecoute.

Stella.

Que me veut-il encor ?

(Le

(Le Baron veut lui parler.)

Non , non , je ne veux plus t'entendre,
C'eft toi qui m'as donné la mort.

C E C I L E E T L U C Y.

Daignez , daignez vous rendre
Aux foins d'une amitié bien tendre.

S T E L L A.

Laiffcz-moi tous... tous vous caufez ma mort.

L E B A R O N.

Ecoutez-moi....

S T E L L A.

Je ne veux plus t'entendre.
Amour , rage , tranfport , douleur ,
Douleur affreufe !
Vous déchirez mon cœur !

T O U S.

Ecoutez-nous.....

S T E L L A.

Laiffez... laiffez à fa douleur
Une femme trop malheureufe ,
Pour que rien confole fon cœur...
Amour , rage , tranfport , douleur ,
Douleur affreufe !

T O U S.

Ceffez , ceffez...

F

S ᴛ ᴇ ʟ ʟ ᴀ, *fuyant.*

Laiſſez, laiſſez,
　　Laiſſez une malheureuſe,
　　Laiſſez-la ſeule à ſa douleur.
　　　　T o u s.
　　　　　　　　(Elle leur échappe.)
Suivons cette infortunée
A ſa triſte deſtinée,
Non, ne l'abandonnons pas,
Courons, volons, ſur ſes pas.

Fin du Second Aĉte.

ACTE III.

Le Théâtre repréfente le jardin du Château, dans le genre anglais. A gauche on apperçoit une petite porte du mur de l'enceinte, à droite, fur l'avant-Scène on voit un groupe de peupliers & de cyprès, & un tombeau de gazon : (*) [à deux pas une foffe ouverte, dont la terre eft fur les bords, une tombe de marbre blanc pofe à côté, elle eft un peu fur le champ de manière que l'on puiffe cependant s'y affeoir] en oppofition de ces objets il doit y avoir, fur la gauche, un ou deux petits grouppes d'arbriffeaux, de lilas en fleur, & de paffes-rofes dont les tiges font affez élevées. Les trois arcades de la galerie du Château occupent une partie du fond. La lune apperçue entre quelques arbres doit achever de donner une couleur fombre à ce tableau ; fa lumière doit être dirigée principalement fur la partie du Théâtre où eft le tombeau ; aux deux premieres Scènes les Acteurs auront foin de fe tenir fur la gauche.

SCÈNE PREMIERE.

JULIEN, NANNETTE, NICOLAS.

(*Ils viennent par la petite porte du jardin.*)

JULIEN, *une lanterne à la main.*

ATTENDEZ-MOI ici, je vais l'avertir que vous avez confenti à ce qu'elle demande.

______

(*) On peut ôter la foffe ouverte & laiffer la pierre de marbre blanc.

(*Il va vers le Château & entre par une des arcades les plus apparentes.*)

NICOLAS.

Hâtez un petit brin votre allure, Monsieur le Concierge, car il eſt déjà deux heures.

NANNETTE.

Mais eſt-ce une bonne action que tu fais-là ?

NICOLAS.

Sans doute. Madame Stella veut abſolument s'en aller, & puiſque Monſieur le Baron a retrouvé ſa première femme, il ne pourra pas raiſonnablement ſe fâcher quand il ſaura la ſeconde envolée : eſt-ce qu'on retient les femmes de force, donc ?

NANNETTE.

Ah ! c'eſt vrai. Mais malgré tout, je crois que tu as tort de te prêter à ſon évaſion, la nuit ! com'ça ! tout de ſuite ! tandis que tout le monde n'en fait rien !

NICOLAS.

Mais eſt-ce qu'elle a beſoin de faire des adieux à queuques-uns, eſt-ce que tu ne ſens pas ça tout d'abord, toi ?

NANNETTE.

T'as biau dire, je crais que tu as tort.

NICOLAS.

Bah ! tort ! Julien m'a donné de ſa part vingt

ducats, morguene, tant seulement pour la conduire à queuques lieues, & tu veux que j'aie tort
de faire ce qu'el'veut après ça ?

NANNETTE.

Vingt ducats, c'sont des raisons ! que n'parlais-
tu ?.... Cependant, tien' Nicolas, & c'voyage,
i' ne me plait guères.

NICOLAS.

Chût ! v'là qu'on arrive par ici.

NANNETTE, *à part, tandis qu'il regarde vers le*
Château.

J'voulons prévenir Mam' Tatillon, j'ons peur
qu'une fois en route, on ne m'emmène mon Nicolas puis loin qu'i' ne compte.

SCENE II.

STELLA, JULIEN, NANNETTE, NICOLAS.

STELLA, *elle avance en s'appuyant sur Julien,*
ils sortent des Arcades.

(*à Nicolas*) Tout est-il prêt !

NICOLAS.

Oui, Madame. Cependant il faudra ben encore
l'p'tit quart-d'heure. Où Madame veut-elle que se

tienne la voiture, car Monsieur Julien nous a dit
qu'il ne fallait pas faire de bruit.

S T E L L A.

A la derniere maison du village. Je ne tarderai
pas à m'y rendre.

N I C O L A S.

V'là Nannette qui va m'aider à prendre d'abord
vos paquets.

S T E L L A.

Je n'en ai point; (*à part*) je n'emporte qu'un
feul objet précieux, oui, toujours précieux, & je
m'en chargerai moi - même; allez mes amis, &
preſſez-vous.

N I C O L A S.

A vos ordres, Madame... (*à Nannette*) Courons ben vîte.

N A N N E T T E.

(*à part*) Oui, courons prendre conſeil fus c'te
partance.

(*Ils s'en vont par la petite porte du jardin, en
fe prenant par-deſſous le bras.*)

STELLA *regarde avec inquiétude vers le Château.*

Penſes-tu que quelqu'un ait pu nous entendre ?

J U L I E N.

Je ne le crois pas. L'une des Dames eſt ſi malade que les Domeſtiques l'ont forcée de ſe mettre

au lit; & Monsieur le Baron s'est enfermé dans une aîle du Château, si accablé de fatigue & de tristesse que je le crois aussi couché. Tout est calme au Château.

STELLA.

Ou du moins, tout en a l'apparence, car je crois que le chagrin interrompra cette nuit le sommeil de tout le monde !

JULIEN.

Mais vous-même, Madame, comment avez-vous pu éloigner tous ceux qui vous entouraient ?

STELLA.

J'ai feint d'être devenue plus tranquille, & j'ai exigé qu'on me laissât seule jusqu'à demain.... ils y ont consenti, ils m'ont quittée !...(*avec chagrin*) peut-être ont-ils été bien aises de me quitter !... oh ! non... il n'y a pas de mauvais cœurs ici.... je crois qu'ils ne me haïront pas.

JULIEN.

Vous haïr ! eh ! qu'est-ce qui le pourrait jamais ? qu'est-ce qui pourra prononcer ici votre nom sans pleurer ? tenez, Madame, je suis un vieux Soldat, & j'ai toujours cru qu'il convenait mieux à un homme de répandre son sang, que des larmes ; & cependant depuis tantôt ; je n'ai cessé de pleurer ; voilà encore que je recommence quand je songe que je ne vous reverrai plus, vous que j'avais tant de plaisir à nommer notre maîtresse, notre bonne maîtresse! mais aussi pourquoi ne pas vouloir que je vous suive? pourquoi m'ordonner de rester dans ce Château?

S t e l l a.

Eh! mon ami! si tu en sortais qu'est-ce qui parlerait encore quelquefois de moi à ton maître? je te charge de ce soin-là.

J u l i e n.

Oh! comme je m'en acquitterai!

S t e l l a.

Je te charge, sur-tout de lui dire que je ne lui fais aucun reproche, & que je pars sans me plaindre de personne.

J u l i e n.

Voilà de ces ordres qui ne font point de peine à exécuter : ce n'est pas comme celui que vous m'avez donné pour aller préparer votre départ. Je vous ai obéi, parce que je ne crois pas qu'il y ait personne qui puisse vous dire non; vous avez ordonné, & j'ai couru : mais en vérité, je voudrais.... ah! je ne fais pas ce que je voudrais, car je sens bien que vous seriez trop malheureuse en restant ici plus long-tems.

S t e l l a.

Toi-même tu le sens, mon ami! ah! mon de-

voir eſt écrit dans le cœur de tous les gens ver-
tueux. Mais, dis-moi, je regarde, je cherche autant
que ma vue peut s'étendre, je n'apperçois point
le ſeul objet que j'ai voulu emporter du Château,
j'ai cru que tu t'en étais chargé, où l'as-tu poſé!

JULIEN.

Ah! pardon; je ſuis ſi troublé! Je l'ai laiſſé dans
la galerie.

STELLA, *vivement.*

Je ne puis me réſoudre à partir ſans lui, va le
chercher, je t'en prie.

JULIEN.

J'y vais; mais peux-je vous laiſſer ſeule ici la
nuit?....

STELLA.

Seule!... (*avec un peu d'effroi*) il eſt vrai!....
mais il faut bien m'y accoutumer : ne ſuis-je pas
condamnée à être déſormais toujours ſeule? va,
mon ami, va.

JULIEN *met ſa lanterne à côté de Stella, qui la*
prend, après une pauſe.

Allons, je vous obéis, je ne fais que cela.

SCÈNE III.

S T E L L A , *seule.*

J'AVAIS befoin d'être feule avant de quitter ces lieux, & fur-tout cet endroit.... (*elle prend la lan-terne & la pofe fur la pierre, de façon qu'elle éclaire le tombeau*) où je laiffe le tombeau de ma fille. Ah ! qu'il m'en coûte de m'en féparer ! voilà la première fois que je fens qu'elle eft heureufe d'a-voir perdu l'exiftence prefqu'en la recevant.... fi elle vivait que ferait-elle à préfent? & je me plai-gnais alors ! il faut que je fois devenue bien mal-heureufe, puifque l'infortune d'alors eft une con-folation actuelle !... Tombe que je m'étais deftinée, & fur laquelle j'efpérais venir encore après ma mort jouir du fouvenir du paffé, & de toi auffi me voilà donc exilée ! (*au tombeau de fa fille*) & de toi auffi !

(*Elle prend fa lanterne & s'en approche.*)

Tombeau qu'avant de partir
J'ai voulu revoir encore,
Où je venais dès l'aurore
Pleurer un cher fouvenir,
Ma fille ta mère encore
N'y viendra plus t'entretenir !

(*Elle pofe la main fur la pierre qui eft à gauche.*)

Et toi tombe abandonnée.
Toi que j'avais deftinée,
Pour me réunir un jour
Aux objets de mon amour,
Je fuis tant infortunée
Que je ne puis plus choifir
La terre où m'enfévelir !

Je pars, mais fachant franchir
L'efpace par la penfée,
Mon ame refte fixée
Où l'entraine fon defir.
En vain l'aurai-je laiffée
Elle aura mon dernier foupir.

SCÈNE IV.
STELLA, JULIEN.

JULIEN *d'un peu loin, & avec le ton de l'empreffement.*

LE voilà, Madame.

STELLA.

Tu n'as été furpris par perfonne.

JULIEN *tout près d'elle avec le portrait du Baron
dans un beau cadre ovale.*

Par perfonne.

S T E L L A.

Donne-moi.

J U L I E N.

Prenez garde, il est bien embaraffant.

S T E L L A.

Embaraffant! oh! jamais!.... cependant je voudrais pouvoir le dérober à tous les yeux, je ferais
fachée que d'autres....... ôtons ce vain ornement,
c'est n'est pas là où est le charme!

J U L I E N, *atteignant fon coûteau.*

Si vous voulez, Madame, en détachant ces
clouds.....

S T E L L A

Oui, mais laiffe-moi faire.

*(Elle lui prend le coûteau, s'appuye contre la
pierre où elle pofe auffi le portrait.)*

(Elle ôte les cloux) Tu lui diras encore cela,
n'eft-ce pas?... Mais je penfe que tout doit être
prêt, va voir fi ce garçon est rendu où j'ai dit, tu
reviendras me chercher lorfqu'il y fera, j'aime
mieux attendre ici qu'ailleurs. Je te donne bien de
la peine, mais c'est pour la dernière fois.

J U L I E N, *pleurant.*

Et c'est ce qui me tue!

S T E L L A.

Prends la lumière, & va vite.

SCÈNE V.

S T E L L A, *seule.*

(*Elle chante en détachant les clous.*)

ADIEU féjour, terre chérie,
Loin de toi je porte mes pas !
Où vais-je !... eh ! que m'importe, hélas !
De ton fein me voilà bannie,
Que me font les autres climats ?

Et toi, dont, en tous lieux, l'image
Jufqu'à la mort fuivra mes pas......
(elle lève Mais que dis-je ? n'eft-ce donc pas
le coûteau L'auteur du plus fenfible outrage..?
comme   Je devrais.... mais non c'eft envain......
pour per-
cer le por- L'amour fait taire la vengeance
trait.) Le fer échape de ma main,
Et vers lui mon cœur qui s'élance
Défavoue un pareil deffein.

(*Le coûteau tombe & elle baife le portrait & le*
preffe contre fon cœur.)

Mais déjà les premiers rayons de l'aurore vont
éclairer mon départ, (*le Baron fort lentement du*
Château & en rêvant) je crois diftinguer à l'aide
d'un faible crépufcule..... oui, l'on vient. Partons
fans plus attendre...... (*elle va vers la petite porte*
toujours en regardant) ah ! c'eft lui !... oui, c'eft lui !...

pourrais-je m'y méprendre au trouble que je fens....
cachons-nous ici, je veux le voir encore un inftant....
que vient-il faire en ces lieux !.... il erre çà & là !....
il approche, il approche !.... (*elle fe jette dans
un grouppe d'arbriffeaux*) il parle !.. ah ! j'enten-
drai donc encore une fois cette voix fi puiffante
fur mon cœur !

SCENE VI.

LE BARON, STELLA *cachée fur la gauche.*

Le Baron *avançant fur la droite & regardant
le tombeau.*

C'EST ici ! oui, c'eft ici.. je reconnais l'endroit,
je veux près du tombeau de ma fille, près de celui que fa mère s'était deftinée.... je tomberai là,
elles me trouveront là, & mes dernieres intentions
feront facilement comprifes par deux cœurs dont
j'ai poffédé tous les fentimens, & un jour cette
tombe nous renfermera tous !

STELLA, *à part.*

Je n'entends pas bien ce qu'il dit, mais je fens
au fon de fa voix qu'il eft bien trifte.

LE BARON.

Oui! j'y ai refléchi!.... c'eſt le ſeul parti qui me
reſte, je ſouffre trop.... toutes deux aimantes...
toutes deux aimées!.... les plus ſenſibles, les plus
eſtimables des femmes!.... que de félicités ſe réu-
niſſent.... pour cauſer mon déſeſpoir... & ma
mort!.... Stella!

STELLA, *ſortant un peu, avec joie.*
Il prononce mon nom!

LE BARON *ſans l'entendre.*
Cecile!

STELLA *rentrant avec triſteſſe.*
Il a prononcé l'autre auſſi!

LE BARON.

Chacune me redemande.... chacune a droit... ah!
ces infortunées!... & je vivrais!.... moi! plus
malheureux qu'elles deux, par le malheur de chacune!... & je vivrais! (*avec fureur*) non, non!
le deſſein en eſt pris, il faut l'achever.....

(*Il met un genou ſur la pierre de marbre blanc
& tire un piſtolet de ſa poche.*)

O vous qui m'êtes également chères, recevez ce
ſacrifice, & pleurez-moi toutes les deux. (*il lève ſa
main*) Je meurs pour vous.

(*Stella qui s'était approchée très-doucement ſe
jette ſur lui en détournant ſa main, le coup
ne part pas, ou bien part en l'air.*)

S t e l l a avec un cri.

Non, non, arrête, arrête!

Le Baron, il s'est levé.

Qui est-tu? quoi! Stella! toi ici! que voulais-tu, que cherchais-tu!

S t e l l a.

Ah! c'est le Ciel qui m'y a conduite! j'ai sauvé tes jours! en pensant à ce bonheur je serai donc encore heureuse!

L e B a r o n.

Tu suivais mes pas?

S t e l l a.

Non, j'étais ici avant toi.

Le Baron vivement & avec inquiétude, comme craignant qu'elle n'y fut aussi venue dans quelque funeste dessein.

Qu'y faisais-tu? je tremble que....

S t e l l a qui comprend son idée.

Non, non: au moins plus raisonnable que toi, je fuyais seulement; je m'en allais, car je ne voulais pas mourir encore de peur de cesser de t'aimer.

L e B a r o n soupirant.

Ah!..

S t e l l a.

Mais les momens me sont chers, le jour avance,

(elle

(*elle regarde*) l'on vient, Cecile même! grand Dieu!.. jure-moi de vivre & laisse-moi.

LE BARON, *il là retient de force.*

Non! tu ne partiras point, je n'y puis consentir.

SCÈNE VII.

CECILE, LUCY, STELLA, LE BARON, *plusieurs Domestiques.*

CECILE *accourant avec Lucy.*

Je frémis, je frémis! il s'est armé! où est-il, où est-il ?

LUCY.

Ciel, rends-le nous, s'il est en tems encore !

STELLA, *avec noblesse & joie.*

Le voilà, Madame.

LE BARON.

C'est à elle que vous devez votre époux, il faut vous l'avouer, sans elle mon désespoir terminait ma vie; sa main a détourné le coup fatal.

CECILE, *serrant le Baron dans ses bras.*

Ah! vous m'en êtes encore plus cher.... ah, Madame, de quel prix... & combien je vous dois !

G

L u c y, *aux pieds du Baron.*

Vous n'aimiez donc plus votre Lucy !

S t e l l a.

L'entendez-vous, mon ami ? laiſſons un moment nos intérêts particuliers, voyez à vos genoux cette innocente créature ! vous vouliez la priver de ſon père au moment même que le Ciel le lui a rendu ! (*Le Baron parle bas à Lucy qu'il tient dans ſes bras.*)

C e c i l e.

O mon amie !

S t e l l a, *lui ſerrant la main.*

Oui, votre amie, bien votre amie ! (*bas*) Madame, ne ſouffrez point qu'il reſte ſeul, voilà tout ce que je vous recommande en partant, l'homme eſt farouche dans la ſolitude.

C e c i l e.

Quoi ! vous vous ſéparez de nous !

S t e l l a.

Je m'en éloigne, mais je ne m'en ſépare pas. Je vivrai loin de vous, mais avec vous. Madame, mon ami, (*elle leur tend les mains*) je veux mériter votre confiance à tous, je vous demande une grâce à tous... vous m'écrirez, vos lettres feront toute ma félicité, & vous recevrez les miennes.... comme une viſite agréable.

LE BARON.

Quelle femme, je ne puis proférer un feul mot!

LUCY.

Quel ange!

CECILE.

On ne peut affez l'admirer!.. femme fenfible & généreufe, vous feriez fon bonheur, il revenait faire le vôtre, & c'eft moi qui ai jeté ici le trouble & la douleur!... ah! n'eft-ce pas plutôt pour moi qu'eft fait l'exil & l'éloignement? Montclam....

LE BARON.

Que faire? que réfoudre? Femmes fi tendres & fi cruelles, pourquoi bouleverfez-vous mon cœur, pourquoi brifer ce qui était déjà déchiré? Ne fuis-je donc pas affez accablé? laiffez-moi toutes deux, abandonnez-moi, oui, haïffez-moi toutes deux....

CECILE ET STELLA.

Impoffible! impoffible!

LE BARON.

Qui ofera donc décider entr'elles!

STELLA, *avec gaieté & fentiment.*

Je le fais bien, moi.

   Nous redemandons un époux,
Mais pour favoir laquelle y doit prétendre,
Regardez cet enfant, qu'il décide entre nous,
   C'eft un père qu'il faut lui rendre,
Son intérêt doit l'emporter fur tous.

Noms sacrés d'enfant & de père,
L'amour devant vous doit se taire,
Les autres noms ne font rien près de vous ;
Noms sacrés d'enfant & de père
C'est pour vous obtenir que l'on prend ceux d'époux.

TOUS LES TROIS.

Noms sacrés d'enfant & de père,
C'est pour vous
C'est pour vous
Que l'on prend ceux d'époux.

SCÈNE DERNIERE.

LES ACTEURS PRÉCÉDENS, JULIEN, *ensuite* LA Ve. TATILLON, NICOLAS, NANNETTE, TOUT LE VILLAGE.

(entrant par la petite porte du jardin.)

JULIEN *à Stella.*

MADAME, plus possible de vous en aller,
(voyant le Baron & Cecile) mais.......

LE BARON.

Continue, continue.

JULIEN.

Les Payfans ameutés par la veuve Tatillon,

ont battu Nicolas, & détellé les chevaux : ils s'oppofent abfolument à votre départ , j'vous les amène pour que vous entendiez leurs raifons, ils ont juré que vous ne quitteriez pas le pays.

LA Ve. TATILLON, *entrant vivement auſſi par la petite porte, ſuivie des gens du Village.*

Eh oui ! j'en avons fait le ferment ; & ça ne fera pas. Nannette m'a tout conté, & ce ferait une calamité publique que ce départ-là, & ça ne fera pas !

T O U S.

Non, ça ne fera pas !

L E B A R O N.

Vous le voyez, tous penfent comme nous !

L U C Y, *à part.*

Ah ! tant mieux ! elle reftera.

C E C I L E.

Comme tout le monde l'aimait ici !

S T E L L A *aux Payſans.*

Mes amis, croyez que je n'oublierai jamais !.... mais cela ne fe peut.... non cela ne fe peut.

LA V_e. TATILLON.

Eh! fi vous ne voulez plus refter au Château, venez-vous-en chez nous , tandis que ces bonnes gens vous auront bientôt bâti une demeure digne de vous.

Stella.

Madame, je vous rends grâce, mais il faut que je parte.

Nicolas *se détachant du groupe des Payfans.*

Et fi v's'en allez, ils demandent com'ça, qu'eft-ce qui fera donc du bien dans le pays?

Stella, *montrant Cecile.*

Elle, elle, comptez fur fon cœur.

Nannette *se détachant du groupe des Payfanes.*

V'là toutes les mères qui demandent auffi qu'eft-ce qui careffera leurs petits enfans?

Stella, *montrant Cecile.*

Raffurez - vous, raffurez - vous, voilà qui me remplacera bien.

Nannette.

Oh! Madame a fa fille, difent-ils tous, elle n'aura pas befoin d'aimer les nôtres!

La Ve. Tatillon.

Et puis, v'là Madame réunie à fon mari, elle fera heureufe, & nous autres Payfans nous ne fommes pas fi bien venus des gens heureux; il faut qu'il y ait toujours un peu de chagrin de la part des grands Seigneurs pour qu'ils fe rapprochent de nous, (*à Cecile*) &, pardon, Madame, ce n'eft pas à mauvaife intention que c'te vérité nous échappe!

CECILE.

Elle ne peut me déplaire, je l'ai éprouvé. Stella, ma chère Stella, pourriez-vous donc vous résoudre à quitter un pays où vous êtes si tendrement aimée!

LUCY.

Mon papa, est-ce que vous la laisserez partir?

MONTCLAM, CECILE, LUCY, JULIEN.

Finale &   Vous l'entendez, vous le voyez,
Chœur.   Comme chacun ici vous presse!
        Vous l'entendez! vous le voyez!
(aux Pay- Pour empêcher qu'elle vous laisse
fans)   Mes amis, tombez à ses pieds.

(il faut dessiner ce tableau avec soin.)

(ils s'y jettent tous, ainsi que Julien.)

STELLA, *voulant les faire relever.*

(à part)   Que faites-vous? que faites-vous?
        Ils m'attendrissent jusqu'aux larmes!

LES PAYSANS.	LE BARON, CECILE, LUCY, JULIEN.
Nous pleurons tous	Ils pleurent tous
A vos genoux,	A vos genoux,
Ah! prenez pitié de nos larmes.	Contre vous ils tournent vos armes.

STELLA.

Ils m'attendrissent jusqu'aux larmes!

Le Baron, Cecile, Lucy, Julien.

Voyez-les tous
A vos genoux
Vous preffer de vous rendre !
Daignez-vous rendre
Aux vœux de l'amitié.

STELLA.

Ah ! pour me faire rendre
A ce que doit attendre
Leur touchante amitié,
Mon cœur eft de moitié !

TOUS.

Daignez, daignez vous rendre !

STELLA.

Eh bien, vous le voulez donc tous ?

LE BARON, CECILE, &c.

Oui, oui, nous le demandons tous.

STELLA, *leur tendant les mains.*

Eh bien ! je refte parmi vous.

TOUS *fe levant tranfportés de joie.*

Elle reftera parmi nous
vous

Quel plaifir ! quel bonheur pour tous !

LE BARON.

Il eft fi doux, il eft fi doux
De vivre aux lieux où l'on nous aime !

TOUS

T o u s.

Il eſt ſi doux, il eſt ſi doux
De vivre aux lieux où l'on nous aime !

S t e l l a.

Il eſt ſi doux, il eſt ſi doux
De vivre avec ceux que l'on aime !

T o u s.

Il eſt, &c.

S t e l l a.

Cet inſtant me fait ſentir même
Qu'en faiſant le bonheur de tous
On n'eſt plus malheureux ſoi-même.
Il eſt ſi doux, il eſt ſi doux
De vivre aux lieux où l'on nous aime !
Oui, je reſterai parmi vous.

T o u s.

Elle reſtera parmi vous
                  nous
Quel plaiſir ! quel bonheur ſuprême !

C e c i l e e t L u c y.

Elle fera le bien de tous
Mais ferons-nous le ſien de même ?

T o u s.

Elle fera le bien de tous
Mais ferons-nous le ſien de même ?

STELLA.

Oui, je resterai parmi vous ;
Quand on fait le bonheur de tous
Ne fait-on pas le sien de même ?
Oui, je resterai parmi vous. . . .

GRAND CHŒUR GÉNÉRAL, *mouvement gai*
& vif.

Elle restera parmi nous !
Quel plaisir, quel bonheur pour tous !
Elle fera le bien de tous,
Et nous ferons le sien de même.

F I N.